오늘도 가난하고
쓸데없이 바빴지
만

오늘도 가난하고 쓸데없이 바빴지만

ⓒ 서영인

초판 1쇄 발행 2018년 10월 10일

지은이 서영인 **그린이** 보담
펴낸이 김혜선 **펴낸곳** 서유재 **등록** 제2015-000217호
주소 (우)04034 서울 마포구 잔다리로7길 18(서교동 377-20) 403호
전화 070-5135-1866 **팩스** 0505-116-1866 **대표메일** outdoorlamp@hanmail.net
종이 엔페이퍼 **인쇄** 성광인쇄

ISBN 979-11-89034-07-8 03810

이 책은 저작권법에 따라 보호받는 저작물이므로 무단전재와 무단복제를 금합니다.
잘못 만든 책은 구입하신 서점에서 바꾸어 드립니다. 책값은 뒤표지에 있습니다.

이 도서의 국립중앙도서관 출판예정도서목록(CIP)은 서지정보유통지원시스템 홈페이지(http://seoji.nl.go.kr)와
국가자료공동목록시스템(http://www.nl.go.kr/kolisnet)에서 이용하실 수 있습니다.(CIP제어번호: CIP2018029802)

오늘도 가난하고
쓸데없이 바빴지
만

서영인 글
보담 그림

서유재

프롤로그

망원동
임시거주자

어릴 때 우리 집은 구멍가게를 했었다 한다. 아버지는 직장에 다니는 틈틈이 연탄 배달을 했고 엄마는 가게를 보면서 동네 인부들에게 국수를 팔았다. 부모님이 결혼하고 신접살림을 나면서부터 내가 태어나고 난 후 겨우 몇 년간이었으니 그때의 기억이 내게 있을 리 없다. 그런데 이상하게도 나는 그 구멍가게를 생생하게 기억하고 있다. 가게에 딸린 한 칸짜리 방에는 다리가 달리고 무려 미닫이문도 있는 텔레비전이 있었다. 장인의 솜씨 따위는 찾아볼 수 없는 자개농도. 한 칸짜리 방 앞 조그마한 쪽마루에 과자 봉지를 들고 앉아 있었던 기억 같은 것도 남아 있다. 쪽마루 앞은 바로 가게였는데, 방을 기준으로 오른쪽에는 부엌이, 왼쪽에는 과자나 음료수, 잡화를 파는 진열대가 간이 테이블, 의자와 함께 있었다. 가게문 앞에는 고무뚜껑이 달린 아이스크림통, 그리고 평상이 있었다.

이 구멍가게에서 나의 탄생과 성장에 관련된 설화가 만들어졌다. 잠시도 엄마 등에서 떨어지려 하지 않았으므로 엄마는 나를 업고 가게를 정리하고 국수를 끓이고 물건을 팔았다. 손님이 밀릴 때면 엄마 등 뒤에서 손가락을 빨거나 엄마 등을 빨았다든가 하는 애잔함 가득한 사연은, 어이없게도 그래서 지금도 내가 끼니 거르는 것을 참지 못하는 밥순이가 되었다는 결론으로 이어진다. 조금 자라서 혼자 앉거나 걸을 수 있게 되자 가게의 과자봉지를 모조리 뜯어서 한 개씩만 먹고는 거들떠도 보지 않았다는데, 덕분에 젖니를 갈기도 전에 이빨이 몽땅 썩어서 매우 민주적인 치열과 영광의 덧니를 갖게 되었다든가. 잠시도 눕지 않으려 했으므로 앞뒤통수가 모두 짱구였는데 핀을 꽂고 리본을 달아도 도무지 아이 같은 예쁨이 연출되지 않았다는 사연도 있다.

물론 모두 엄마의 전언이다. 내가 그 가겟집을 기억할 수 있는 것은 부모님이 가게를 그만둔 이후에도 오랫동안 그 동네에 살았기 때문이다. 1970년대 초 공업도시로 상전벽해 되던 울산이었으므로 부모님은 금세 가겟집을 접고 인근에 집을 지어 이사했다. 그러나 가겟집 딸내미로 나를 기억하는 이웃들이 많았고 이사한 이후에도 그 동네에 있었던 가겟집을 드나들면서 가겟집의 형상을 내 기억과 결합시킬 수 있었을 것이다. 생각해 보면 그로부터 지금까지의 생활은 어찌나 전형적인지, 산업화 시대의 서민생활 곳곳에 내 삶의 기억도 겹쳐져 있다.

태초의 가겟집으로부터 내가 옮겨 가며 살아온 곳이 한두 곳이 아닌데, 이상하게도 집과 동네에 관련해서는 가겟집이 있던 그 동네만이 생생하다. 도로를 사이에 두고 집 건너편에 있던 문방구나 주산학원, 약국, 친구네 집 대문 같은 디테일이 낱낱이 떠오르는 것이다. 솜씨 좋은 친구네 엄마는 유산지 대신 신문지를 깔고 카스테라를 구워 주시곤 했다. 그 달콤하고 노릇한 빵냄새가 지금도 떠오른다. 아마도 오븐 대신 임기응변으로 바닥이 깊은 전기 프라이팬 같은 것을 활용했을 텐데, 유감스럽게도 우리 엄마는 그런 재주가 없었다. 봉숭아와 깨꽃이 같이 피던 친구네 마당이나 이웃집에서 키우던 무시무시하게 큰 셰퍼드가 짖는 소리, 기억은 총체적으로 공감각적이다. 심지어 나는 못 다니고 동생만 다닌 유치원의 이름과 위치, 동생의 동창들 이름까지도 기억하는 걸 보면 나는 그때 일시적으로 천재였을지도 모른다. 아마도 아침부터 밤까지 동네와 이웃들이 일과의 모든 것이던 시절이었으므로 그때의 기억만이 유독 입체적이고 생생한 것이 아닐까.

그 이후 집과 동네는 그저 잠자고 밥 먹는 곳이고 학교를 가기 위해 지나가는 길이었을 뿐이다. 고등학교부터 입시를 치러야 했던 도시에서 자란 나는, 모범생은 아니었지만 나름의 스트레스로 학교생활을 하느라 바빴다. 대학을 진학하면서 집을 떠났고 그다음부터는 내내 그 모양이었다. 스무 살 무렵부터의 주거생활은 집이라기보다는 방이라 불러야 마땅했다. 그 또래의 여자아이들이 그랬듯 시집갈 때까지의 주거는 임시라는 전제가 당연히 적용되는 채로 그 방들에 적응했다. 불행인지 다행인지 결혼으로 집과 살림을 마련할 찬스를 얻지 못했으므로 방도 집도 가구도 살림도 아직 계속 임시인 채로다. 시집가면 다 새로 살 건데라는 말이 바보 같은 게으름과 편견에 가득찬 것이며 청년들의 독립생활에 대한 터무니없는 억압인 것을 알고 난 이후에도 오랫동안 나는 대체로 가난했고 쓸데없이 바빴다.

집과 관련해서 언제나 그곳 어디는 임시 거주지가 아니었던가 싶다. 물론 공간에 대한 기억이나 각별함이 아주 없지는 않았지만 어릴 때 자랐던 동네 같은 공간 자체의 존재감은 그리 크지 않다. 꼭 결혼을 해야 제대로 갖춘 집에 정착하리라는 고정관념 때문만은 아니다. 돈이 조금 더 생기면, 혹은 출퇴근하는 고정된 직장을 얻으면 하는 식으로 작정하고 정착할 어떤 곳을 늘 상상하기만 하다 보니 결과적으로 내가 살고 있는 곳은 언제나 조건이 변화하면 곧 옮겨 가야 할 임시거주지였다.

서울로 거주지를 옮긴 지 만 육 년, 지금까지 내가 감당해야 할 전세금은 총 오천만 원이 늘었다. 처음 구한 집보다 더 나을 것도 없는데, 전세금은 재계약을 할 때마다 평균 이천오백만 원이 오른 셈이다. 그리고 재계약 시기가 다가오면 전세금은 또 오를 것이며, 나는 그 인상분을 감당할 것인지, 아니면 이보다 전세 시세가 싼 다른 지역으로 옮겨야 할지를 결정해야 할 것이다. 나는 망원동을 사랑하지만, 언젠가는 망원동을 떠날 것이다. 혹은 떠날 수밖에 없을 것이다. 구멍가게 딸내미로 누렸던 집에 대한 애틋함은 이제 내 인생에서 다시 오지 않을 가능성이 크다.

임시거주자이지만 최소한 여기서의 생활이 내 삶의 가장 중요한 순간일 수 있다고 생각하게 된 것은 아마도 내가 나이가 들고 있기 때문일 것이다. 언젠가 한자리에 오래 정착하여 그 장소의 구석구석을 각인한 삶의 기록을 만드는 그런 날이 영원히 오지 않을 것이라는 생각, 사실은 늘 임시의 삶이야말로 내 삶의 정체성이기도 하다는 생각. 그러니 이런 삶도 괜찮지 않냐는 이야기를 좀 만들어 보고 싶어진 것이다. 나는 아직 망원동을 속속들이 모른다. 오래도록 이 지역에 정착하여 살아온 사람들의 이야기 같은 것을 내가 알고 있을 리 없다. 하릴없이 동네를 산책하고 굳이 필요하지 않은 물건을 파는 가게를 기웃거리고 술집이든 밥집이든 늘 가는 곳만 가는 주제에 무슨 대단한 비밀 같은 것을 가질 수 있을까.

그저 어쩌다 보니 망원동에 정착했을 뿐이다. 서울은 처음부터 내게 낯선 곳이었고 그나마 안면 있는 동네에 집을 구할 수밖에 없었으며 도움을 받을 수 있는 지인들이 이 동네에 살고 있었다. 추억도 없고 오래 묵은 정보도 없는 대신, 어디든 낯설고 어디든 생소하므로 무엇이든 내 손으로 찾고 익숙해지고 친근해져야 내 생활을 가질 수 있다. 그것이 어른의 삶이라는 것을 매우 굼뜨게, 뒤늦게 알게 되었다. 미리 친숙하지 않고 적당히 낯설며 예전에는 어쩌고 하는 회고조가 끼어들 틈이 없는, 늘 조금씩은 생소하고 그래도 어제보다는 친근해지는 망원동 탐구생활을 계속하고 있다.

어쩌다 보니 망원동에 살게 되었지만 나는 지금의 망원동 생활이 좋다. 주위에 한잔하자고 불러 모을 친구들이 살고 있고 너무 붐비지도 너무 한적하지도 않은 적당한 부산함이 있고 단골로 갈 만한 술집과 밥집이 종류별로 있으며 가뭄에 콩 나듯이지만 달리기를 하고 물구경을 할 수 있는 한강도 가깝다. '어쩌다'라고 했지만 '어쩌다'가 아니었을지도 모른다. 학군도, 부동산 가치도, 교통도 아닌, 여기에 있는 사람들과 때로 밀접하게, 때로 무감하게 만나고 헤어지는 마주침을 나는 원했을지도 모르겠다. 사물과 사람과 일과 삶에 대해 적절하게 게으른 거리를 허용해주는 곳이 지금의 망원동이다.

사는 곳이 바뀌면 거기에 깃드는 삶도 조금씩 달라진다. 바쁘다는 핑계로 외출해서 처리해야 할 일들에 눈먼 나머지 밤마다 돌아와 오가는 거리에 무심했다. 조금씩 달라져 가는 내 삶의 안팎을 제대로 눈치채지 못하고 흘려보내고 있다. 그런데 나는 어느새 다음에는 방도 좀 더 큰 데로, 교통이 좀 더 편한 데로, 내 이름으로 등기된 집으로 등등의 집에 대한 다른 욕망을 별다르게 가지지 않게 되었다. 애틋한 추억도 강렬한 애착도 똑떨어지는 정체성도 없지만 어쨌거나 나는 망원동 주민이다. 언젠가는 이곳을 떠나 옮겨 간 곳의 낯선 골목들을 또 탐험하게 되겠지만 임시거주자의 정체성에 좀 골몰해 보는 것도 나쁘지 않겠다는 생각이 들었다. 그러므로 이 글들은 망원동에 대한 내 애정담이자, 나이 든 독신 임시 거주자의 삶에 대한 관찰기가 될 예정이다.

누가 그랬니, 인생이 마라톤이라고

── 차 례 ─────────────────────────────────

프롤로그

에필로그

오늘의 망원동

이상한 나라의 토끼처럼,

마라톤이라고

인생이

누가 그랬니,

세상에는
별별 집이
다
있다

✳   마키 히로치(マキヒロチ)의 만화『기치조지만이 살고 싶은 거리입니까』를 나는 드라마로 봤다. 백만 부 넘게 팔린 원작만화의 인기에 힘입어 TV도쿄 2016년 4분기 드라마로 제작되었다. 푸근하다 못해 푸짐한 쌍둥이 자매가 운영하는 '시게타 부동산'이 주무대이다. 부동산은 기치조지(吉祥寺)에 있다. 이야기는 단순하다. 부동산이니 고객의 집 찾기가 매회 이어진다. 고객이 살고 있는 곳, 집을 옮기는 이유, 그들의 직업과 생활 패턴을 듣고 나서 자매가 이구동성으로 외치면서 이야기는 본격적으로 시작된다.

　"그래? 그럼 기치조지(에서 집을 찾는 것은) 그만둘까?(じゃ、吉祥寺 やめようか)"

기치조지의 이미지는 양면적이다. 물론 기치조지가 매력적인 곳임은 말할 것도 없다. 하모니카의 바람구멍처럼 옹기종기 모여 앉은 오래된 술집 골목 하모니카 요코초(ハモニカ横町)가 있는가 하면 길 건너에는 세련된 감각을 자랑하는 옷가게, 신발가게, 아기자기한 소품가게도 즐비하다. 울창한 숲이 있고 오리배가 떠다니는 호수도 있는 이노가시라(井の頭) 공원까지 품고 있으니 도쿄인들이 가장 살고 싶은 곳 일 순위로 꼽는 것이 당연하다 싶다. 당연히 집값도 비싸고 고급 주택도 많은 지역이다. 세련되고 여유 있고 한적하면서도 개성 있는 주택가. 기치조지의 이미지이다. 그러나 한편으로 그것은 기치조지라는 동네의 이미지가 만들어 낸 환상일 수도 있다. 그곳에 살면 세련되고 여유 있고 개성 있는 사람이 되어 버릴 것만 같은. 그러나 집이란, 그곳에서의 삶이란 세간의 이미지로 결정되는 것이 아니다. 나의 필요, 나의 가치, 나의 취향에 맞는 곳에서의 삶이 나를 가장 행복하게 할 것이다. 그곳이 기치조지이든 어디이든.

부동산을 찾는 손님들의 사연은 다양하고 그들이 살고 싶은 삶도 다양하다. 그런데 그들은 집을 찾기 위해 그들의 이야기를 풀어놓다가도 마지막에는 하나같이 꼭 기치조지에 집을 구하고 싶다고 말한다. 기치조지의 이미지와 그들이 원하는 삶을 혼동하고 있는 것이다. 쌍둥이 자매가 매회 이구동성으로 외치는 말이 이제 이해가 간다.

"그래? 그럼 기치조지는 그만둘까?"

자매가 안내하는 집은 처음에는 너무 생뚱맞다. 고객들은 전차를 타고 찾아간 낯선 동네에서 어리둥절한 얼굴로 말하기 마련이다.

"여기가 도대체 어디인가요?"

기치조지와는 방향도 동네 분위기도 완전히 반대이기 일쑤다. 이노가시라 공원은커녕 좁은 골목과 전선줄만 가득한 곳이기도 하고, 세련된 소품가게 같은 것은 눈 씻고 찾아봐도 없다. 집을 찾는 고객들은 번듯한 주택을 걱정 없이 살 정도의 부유한 사람들이 아니다. 대개 월세 얼마의 한정된 예산을 가지고 새로운 집을 구해야 할 빠듯한 형편의 사람들이다. 이혼을 하거나 하는 일이 잘 풀리지 않아 집을 옮겨서 전환의 계기를 맞고 싶거나 하는 사연들로 의기소침해 있기도 하다. 그리고 곧 알게 된다. 그들을 행복하게 하는 것은 기치조지가 아니라 넓은 욕조와 밝은 창이 있는 욕실이거나 혹은 오타쿠들로 가득한 전자상가의 자유로움이거나 길모퉁이에서 불을 밝히고 있는 국물맛 끝내 주는 라면집이었다는 것을. 기치조지만이 살고 싶은 동네입니까. 아니오. 내가 간절히 원했으나 나도 몰랐던 것들, 그것을 찾을 수 있다면 그곳이 내가 살고 싶은 동네입니다.

나의 필요
나의 가치
나의

취향에

맞는
곳

시게타 자매 같은 부동산이 정말 있을까. 설마 한국에는 없고 일본에만 있는 것은 아니겠지. 어쩌면 부동산이란 모름지기 이랬으면 하는 희망으로부터 이 이야기는 시작된 것이 아닐까.

되짚어 보니 대학을 진학하면서부터 소위 독립주거생활을 한 이후 지금 살고 있는 집은 열 번째 집이다. 열 번의 이사를 하는 동안 부동산으로부터 집에 대한 정말로 중요한 질문을 진지하게 들어본 적이 없다. 직장은 어디인지, 집에서 절대로 포기할 수 없는 것이 어떤 것인지, 지하철을 타는 것을 좋아하는지, 도보를 좋아하는지, 자전거를 탈 줄 아는지, 차를 갖고 있는지, 욕조가 있는 욕실을 좋아하는지, 방의 갯수와 크기 중 어느 것이 더 중요한지 등등. 집을 구하는 데 필요한 것은 이런 것들이 아니다. 매매인지 전세인지 월세인지, 예산은 얼마 정도인지가 가장 중요하다. 그 안에서 나의 모든 희망사항은 자동적으로 결정된다. 예산이 부족하다면 베란다 같은 것을 원해서는 안 된다. 전세가 귀한 시기에는 무조건 물건이 있으면 그날로 계약을 하고 봐야 한다. 그러니 집에 대해서 내가 무슨 희망을 구체적으로 품을 수 있었겠는가.

그래도 이사를 열 번쯤 하다 보면 나름대로 전략 같은 걸 갖게 된다. 마음을 단단히 먹고 내가 원하는 집의 조건들을 정리해 부동산에 전달했다. 이왕이면 최상층으로 해 주세요, 작아도 베란다가 있었으면 좋겠어요, 방은 두 개 이상, 둘 다 커야 해요(책이 많아요), 집으로 들어가는 길이 어둡거나 위험하면 안 돼요.

역시 머릿속으로 정리한 조건 따위는 실전에서 아무 소용이 없었다. 물론 그 돈으로 조건을 맞추기는 어렵다든가, 다소 부족하더라도 물건이 나왔을 때 계약을 하지 않으면 전세 자체를 구할 수 없다든가 하는 부동산의 후려치기도 문제였지만 그런 것과 상관 없이 그냥 거기 있는 집들이 상상 이상으로 기상천외했다.

내 예산으로 아파트를 구하는 것은 일찌감치 포기하고 빌라를 중심으로 집을 찾기 시작했는데 십여 개의 집을 보다가 나는 지쳐 버렸다. 겉보기에 멀쩡한 사오 층짜리 빌라 건물의 내장을 들여다본 기분이었다. 계단과 복도가 좁고 어둡다든가, 거실 한 중간에 우람한 사각 기둥이 서 있다든가 하는 것은 평범한 예에 속했다. 방이 커야 한다고 했지만 옷장과 침대를 가로로 나란히 놓고도 남을 정도의 운동장 같은 방에 나머지는 흡사 한쪽 구석으로 쫓겨난 듯 옹색한 공간은 상상하지 못했다. 주방 옆의 쪽문으로 나가면 좁은 복도 같은 통로가 집 전체로 이어진 반대편에 손바닥만 한 베란다가 있는 집을 어떻게 이해해야 할까. 이런 걸 베란다라고 할 수 있나. 작은방과 외벽 사이에 베란다 비슷한 공간이 있긴 한데, 베란다로 통하는 문이 없어서 작은방 창문에 사다리를 놓고 출입해야 한다든가, 집 귀퉁이에 있는 주방은 한 사람이 뒤돌아 설 수도 없을 정도로 좁은데 싱크대를 일렬로 배치하다 보니 길기까지 했다. 이건 주방이 아니라 긴 복도에 싱크대를 놓은 것일 뿐이지 않은가. 주방에서 배에 힘을 주고 이동하느라, 그래도 도무지 요리를 할 수 없어 저절로 다이어트가 되는 구조였다. 독신이기에 망정이지 남편이라도 있었다가는 절대로 두 사람이 주방에 들어갈 수 없는 구조 때문에 가사 분담 논란으로 가정불화가 생기기 딱 좋다. 이건 사랑으로 극복할 수 있는 문제가 아니다. 커다란 방에는 방문이 있는 면을 제외하고 세 개의 면에 모두 네 개나 되는 창문이 있었는데, 당연히 창문 두 개는 옷장에 가려질 수밖에 없었다. 도대체 왜 여기다가 이렇게나 많은 창문을 뚫어 놓은 것인가. 아무 말 대잔치라더니, 이건 흡사 아무 방 대잔치 아닌가.

계속해서 이런 집을 보다 보면 달관의 경지에 이르게 된다. 방이다 싶은 것이 방처럼 있고, 주방이다 싶은 것이 주방처럼 있으면 범사에 감사하는 마음이 된다. 빌라가 많은 동네 부동산들의 직업적 고충도 이해하게 되었다. 원하는 집의 조건을 구구절절 들어본들 무엇하겠는가, 저 아무 방 대잔치의 향연을 보며 괜히 마음만 아플 것을.

지금 살고 있는 집을 구해 준 부동산 아저씨에게 나는 지금도 고마운 마음을 갖고 있다. 이런저런 조건을 야무지게 늘어놓는 고객의 말을 듣다가 그럼 한번 가 봅시다 하고 묵묵히 길을 나섰을 심정이 지금 생각해도 애잔하다. 동네 부동산들이 네트워크로 연결되어 있기 때문에 물건으로 나와 있는 집들 중에는 부동산에서도 처음 가 본 집이 많다. 주문 많은 고객과 함께 처음 방문한 전셋집들을 보며 부동산 아저씨가 느꼈을 난감함을 그때는 헤아리지 못했다. 뭔 놈의 방이 하나만 이렇게 무작시럽게 크냐, 어따 저 부엌에서는 라면도 못 끓이겠네(전라도 분이셨다), 혼잣말처럼 미리 불평을 늘어놓는 것이 이미 실의에 빠져 나라 잃은 표정을 하고 있는 고객을 위로할 수 있는 유일한 방법이었을 것이다. 시게타 자매만큼은 아니더라도 아저씨는 나름 최선을 다하고 있었고, 더 중요한 것은 끝까지 포기하지 않았다!

방과 거실과 주방이 반듯하게 제자리에 있고 창문으로 햇빛이 정상적으로 들어오는 집을 보고서 예산을 넘어서는 가격임에도 불구하고 두말없이 계약했다. 베란다는 좁아서 빨래 건조대를 둘 수 없고 세면대의 담배빵 자국이 흉흉했지만 그런 것은 눈에 들어오지도 않았다. 파리지옥을 닮은 빨간색 거대 꽃무늬 벽지는 새로 도배를 하면 될 일이었다. 공포의 체리색 몰딩이 아닌 것만 해도 어디인가. 평범한 것의 소중함을 나는 근 한 달간의 집 구하기 대장정 끝에 깨달았다. 집에 대한 희망사항이라든가 구체적으로 포기할 수 없는 조건이라든가 하는 것을 이제 생각하지 않는다. 지금 여기 망원동에 정착할 수 있었던 것은 운이 좋았기 때문이라고 생각하고 있다. 포기하기 전에 그 집이 나타났으므로 혹은 포기 직전까지 그 수많은 집을 겪었으므로 지금의 집과 만났다. 이 층에 있는 단골 카페에서 멍하니 창밖을 바라보고 있으면 길을 건너고 지하철역에서 쏟아져 나오는 사람들이 남 같지 않을 때가 있다. 우여곡절 끝에 집을 구하고 가지각색의 집에서 말끔하고 쨍한 얼굴로 다들 장하게 살아가고 있구나 싶은 마음이 드는 것이다. 당신도 나도 이만하면 용케 잘 살고 있다. 망원동의 지붕 밑에서.

시작해 볼까,
망원동
탐구생활

●   지하철 6호선 망원역이 있는 대로를 중심으로 행정구역이 갈린다. 2번 출구 쪽은 망원동이고, 1번 출구 쪽은 서교동이다. 그러나 일상생활에서 소속된 행정구역이 중요할 때는 주민센터에 갈 때나 택배 주소지를 적어 넣을 때뿐이다. 성산동에 있을 줄 알았던 성산초등학교도 망원동에 있고, 동교동에 있을 줄 알았던 동교초등학교도 망원동에 있는데(망원초등학교는 망원동에 있다), 엄밀히 말하면 서교동 주민인 내가 망원동 거주자라 우긴다고 한들 뭐 그리 대수겠는가.

지하철 2호선은 되도록 타지 않는다. (걸어서 십 분 안팎의 합정역과 홍대입구역은 관심 밖이다.) 자전거는 탈 줄 모르고 차도 없다. 걷는 것은 좋아하지만 신호등을 기다리는 것이 세상에서 제일 지루하다. 도시 행정의 기획력이 비교적 덜 발휘되어 있고, 재개발의 손길도 그닥 미치지 않은 좁고 어지러운 골목들이 많은 망원동이야말로 내가 가끔 헤매기는 해도 만만하게 돌아다닐 수 있는 동네이다. 게다가 요즘은 골목골목 귀퉁이에 오래된 빌라나 주택을 개조한 재미있는 술집이나 밥집 들이 생기고 있는 중이라서 동네 탐험하기에 딱 좋은 환경을 갖추고 있다. 갑자기 유명해져서 가뜩이나 좁은 골목에 대기줄을 만드는 관광객들이 좀 달갑지 않기는 하지만 그것도 뭐 유명세를 타는 동네에 살자니 원 번거로워서 쯧 하며 괜히 한번 투덜거리는 것으로 족하다.

차가 없으니 멀리 있는 대형마트까지 갈 일이 없고, 너무 많은 물건들을 들고 나르기에는 체력이 감당하지 못하므로 내게 필요한 것들을 최소한의 움직임과 노동력으로 운반해야 한다. 생필품은 주로 편의점이나 동네 슈퍼에서, 과일이나 농산물은 집 앞 망원시장에서 해결한다. 끼니를 때우기 위해 집을 나설 때면 대체로 허기가 극에 달해 있을 때이므로 밥집은 길 가다가 쓰러지지 않을 정도의 거리에 있어야 한다. 혼자 마시든 함께 마시든 술에 취해 돌아오는 길은 체감거리가 평소 두 배 이상이므로 드나드는 술집은 되도록 길을 건너지 않고 안전귀가에 지장을 주지 않을 정도의 거리 내에 있어야 한다. 아무리 분위기가 좋고 술과 안주가 맛나다고 해도 취한 후의 귀갓길이 걱정되어 음주의 즐거움을 해친다거나 택시를 탈 수도 없고 걷기도 힘들어서 도중에 지쳐 버린다면 무슨 소용인가. 이불 밖도 위험하고 큰길 건너도 위험하다. 최소한의 지역에서 최대한 깨알같이 즐기기. 동네 부심 넘치는 망원동 덕후는 이렇게 탄생했다.

나의 동네 탐구생활이 적용되는 영역은 망원역 1번 출구를 등지고 왼쪽으로 성산초교 네거리, 오른쪽으로 망원우체국 네거리, 길 건너편의 망원시장 입구, 뒤쪽으로 중국집 진진이 있는 잔다리로까지의 사각형을 이루는 지역이다. 아주 가끔 한강 쪽이나 홍대 일대와 연남동 일대에 진출하기도 한다. 합정, 상수 쪽에 이런저런 핫 플레이스가 많다고 해도 나는 꿈쩍도 하지 않는다. 되도록 길을 건너지 않고, 지치지 않을 정도로 걸을 수 있는 구역까지만 움직인다.

사이비기는 하지만 발 달린 고기는 먹지 않는 나름 채식주의자이고 다른 건 몰라도 맥주의 신선도만큼은 귀신같이 감별해 내는 취향도 확고하다. 블로그나 방송에 온갖 맛집이 넘쳐나도 엄격한 기준에 따라 내가 직접 확인한 집들만 인정한다. 좁은 구역 내에서 움직이자면 그만큼 더 세심하고 꼼꼼한 탐구의 태도가 필요하다. 어느 동네나 그렇지만 동네에서 나름 평판을 유지하는 집들은 있기 마련이고, 새로 생긴 집들도 체크하고, 미처 발견하지 못한 미지의 명소들을 탐방하다 보면 이 구역은 혼자 즐기기에는 충분히 넓다. 자주 먹어도 질리지 않을 만한 집만 목록에 올리며, 거기에 안주하지 않고 새로운 탐방처를 찾아 목록을 업그레이드하다 보면 갈 곳은 언제나 넘친다. 혼자 가도 괜찮을 만한 집은 틈틈이 혼자 찾고, 혼자 가기 뭣한 집은 취향이 맞는 친구들을 만난 김에 새로운 만남의 기쁨을 누리면 된다.

반경 이백 미터 내의 구역으로 충분하다. 세탁소도 있고 서점도 있고 빵집도 있고 편의점도 있고 커피집도 있고 문구점도 있고 은행도 있다. 이 짧은 거리에 있을 것은 다 있고 그래도 또 아직 몰랐던 것들이 생겨나므로, 기웃기웃 처음 보는 것처럼 동네를 배회한다. 매일의 날씨가 다르고 매일의 기분이 다르므로 매일 건달처럼 골목을 어슬렁거려도 지겹지 않다.

세신
신세계

집을 옮기고 나면 동네에 길들기 위해 해야 할 일이 많다. 가장 급한 일 중 하나는 마음놓고 다닐 목욕탕을 찾는 일이다. 새침하고 깔끔한 언니들 중에는 대중목욕탕에 가지 않는 이들도 많다지만 나는 겨울에는 거의 매주, 여름에도 한 달에 한 번은 목욕탕에 간다. 집에 욕조가 없기도 하고 욕조가 있더라도 커다란 탕과 사우나가 갖춰진 대중 목욕탕과는 상대가 되지 않는다. 술을 많이 마신 다음 날이나 밤을 새고 난 날, 하루 종일 돌아다니느라 피곤해서 죽을 지경인 날, 뜨거운 탕에 몸을 담글 때 밀려오는 안락함과 짜릿함이란 대중목욕탕에서만 얻을 수 있는 쾌락이다. 그리고 나는 망원동의 어느 대중탕에서 또 하나의 신세계를 만났다. 세신의 세계에 입문한 것이다.

맞춤하게 좋은 목욕탕을 찾기는 힘들다. 너무 커도 안 되고 너무 작아도 안 된다. 목욕탕이 너무 크면 규모의 경제를 유지하기 위해 손님을 많이 받아야 하고, 그러다 보면 탈의실이고 탕이고 사람이 너무 많아서 번잡해진다. 너무 작은 규모도 곤란하다. 목욕탕이란 데가 원래 습기가 많고 내부 온도가 높은 곳이라 어느 정도의 운신 공간이 확보되어야 한다. 적당한 청결도가 유지되어야 하고, 내부 조명도 너무 어두우면 안 된다. 벌거벗고 움직여야 하는 곳에서 관리하시는 분들이나 드나드는 단골들이 친근함을 지나치게 표시하면 민망하다. 적당한 무신경과 꼼꼼한 관리의 섬세한 조화가 필요하다.

몇 개의 목욕탕을 전전하다 드디어 정착할 목욕탕을 찾았다. 그리고 거기에서 세신에 눈을 떴다. 목욕탕에 다닌 지는 오래되었지만 통상 때밀이라 부르는 세신을 하겠다는 생각을 해 본 적은 별로 없다. 일단 타인에게 벌거벗은 몸을 맡긴다는 것이 심히 민망한 일이기도 했지만, 그것보다는 내 몸의 때를 미는 데 돈을 쓰는 일이 어쩐지 너무 사치스럽게 느껴졌기 때문일 것이다.

청결하고 위생적으로 자신을 관리하는 일은 현대 사회의 개인이 우선적으로 갖추어야 할 교양이고 덕목이다. 남에게 폐 끼치지 않고 스스로의 삶을 엄격하게 관리하며 허용된 욕망치 이상을 욕심내지 않는 절제되고 금욕적인 삶. 매일 몸을 씻고 화장을 하고 남의 눈에 거슬리지 않는 옷차림을 하는 것 역시 우리가 이른바 사회생활이란 것을 하면서 몸에 익혀 온 생활의 습관일지도 모른다. 벌거벗고 목욕을 하고 몸의 노폐물을 씻어 내는 것은 지극히 개인적인 밀실, 혹은 공식적으로 허용된 장소에서만 이루어진다. 그러니 대중탕은 개별적 인간의 더러움과 은밀함을 공식적으로 내보이는 곳이지만, 그것의 목표가 청결과 관리인 이상 스스로의 통제 안에서 행동할 것이 암묵적으로 요구되는 장소이다. 내 때는 내가 밀고, 내 더러움을 씻어 낸 자리는 내가 정리한다. 거기에다 돈을 쓰다니, 자기 관리를 제대로 하지 못하는 칠칠맞은 인간이 되어 버릴 것 같다는 강박관념이 암묵적으로 내게 있었던 것 아닐까.

집에서 제일 가까운 목욕탕에 정착하기를 포기한 것은 벽마다 붙여 놓은 '××금지'가 불편해서 견딜 수 없었기 때문이다. 피로를 풀고 때를 밀러 왔을 뿐인데 하지 않아야 하는 것이 왜 이렇게 많은가. 수건을 가져가면 안 되고 염색을 하면 안 되고 주위 사람에게 물이 튀지 않게 조심해야 하고 비누를 아껴 쓰고 반드시 샴푸를 하고 탕에 들어갈 것 등등. 다 알고 있단 말이다. 벌거벗고 목욕을 하는 곳이 공중시설이 되어 있는 아이러니를, 안 그래도 나름 조심스럽게 볼 일을 보고 있으니 잠재적 민폐 생산자 취급을 하지 말란 말이다.

이 자기 절제와 자기 관리 내에서 약간의 무방비가 허용되는 것이 또한 대중목욕탕의 아이러니이다. 탕의 온도가 뜨거워도 다른 이용자를 생각해서 참기도 하고, 주위 사람에게 물이 튀지 않게, 알몸을 너무 노출하지 않으려고(어차피 다 노출되어 있는데 부질없이) 조심하지만 나도 모르게 좀 무방비 상태가 될 때가 있다. 사우나에 모여 앉은 손님들의 수다를 듣다 보면, 거기에 끼어들 만한 변죽은 없지만 괜히 혼자 큼큼 웃거나 나도 모르게 다음 이야기가 궁금해서 귀를 기울이기도 한다. 목욕탕 귀퉁이에 놓인 세신 침대에서 열심히 때를 밀고 있는 세신사들을 보면서 괜히 나도 한번 해 볼까 하는 생각이 불현듯 들 때도 있는 것이다.

처음에는 등밀기부터 시작한다. 옆자리의 손님에게 서로 등밀기를 교환하자고 제안할 용기는 없고, 손닿지 않는 곳을 그냥 두기가 유난스레 찜찜한 날, 등만 미는 것이니 그렇게 민망하지도 않을 것 같다. 목욕탕 입장료보다 비싼 돈을 내야 하지만 내 손이 닿지 않는 곳이니 이건 꼭 필요한 일이라는 합리화도 가능하다.

처음으로 세신사에게 내 등을 맡긴 날, 나는 알아 버렸다. 목욕탕에서 등이란 인간의 몸을 앞판과 뒷판으로 나눈 뒷판 전체를 지칭한다는 것을. 그런 거였어! 등만 밀어 주는 것이 아니었어! 목덜미부터 발뒷꿈치까지 뒷판 전체가 다 등이었어. 아무렴 손닿지 않는 등만 밀어 주면서 만 원씩이나 받을 리가 없지. 세신을 마치고는 비누칠을 한 후에 뜨거운 수건을 등에 올리고 쓱쓱 마사지도 해 준다. 정말이지 찰나의 순간이라 할 만큼 짧은 시간이지만. 뜨거운 물에 적당히 풀린 근육으로 침투하는 마사지의 위력이란! 나는 어느새 혼잣말로 '으음…… 조금만 더!'를 외치고 있었다. 그렇게 나는 세신의 개미지옥에 빠져들었다.

'××금지'의 난무가 불편해서, 탕이 너무 좁아서, 혹은 좁은 탈의실에서 모여 앉아 수박을 쪼개 먹는 단골들의 장악력이 무서워서 헤매다가 정착한 목욕탕에서 나는 인생 세신사를 만났다. 그 세신사 님께 등을 맡기는 날 나는 알았다. 이분은 프로라는 것을. 세신에도 클래스가 있다는 것을.

때를 미는 데는 순서가 있다. 심장에서 먼 곳부터 시작해서 가까운 곳으로 옮겨 가되 특정 부위를 중복해서 밀어서는 안 되며 타올이 건너뛰고 지나가는 곳이 있어서는 안 된다. 내 몸에 나도 모르는 때의 결이라도 있는 것처럼(살결이 있고 숨결이 있고 때결이 있다) 순서를 따라 차곡차곡 타올이 그 결을 밟고 지나가되 마찰과 압박의 강도는 처음부터 끝까지 균질해야 한다. 세신사의 손길이 닿는 곳은 촘촘하고 세밀해서 그때서야 뒤늦게 거기에도 내 몸이 있었다는 것을 깨닫는 기분이었다. 하일권의 웹툰 〈목욕의 신〉이 왜 탄생했는지를 나는 그때 이해했다. 작가님도 인생 세신사를 만나셨던 게야. 거기서 목욕의 진리를 발견한 것이었어. 세신의 신세계에 눈뜬 그날 나는 목욕탕을 나서면서 수줍게 혼잣말로 고백했다. '이분에게라면 내 온몸을 맡겨도 좋겠어.'

접히고 뒤틀린 곳을 펴고, 주름지거나 구석으로 밀려난 몸을 원 상태로 돌려 놓고, 약한 살은 약한 대로, 굳은 살은 굳은 대로 세심하게 만지고 털어 주고 닦아 준다. 거칠다고 함부로 다루어서도 안 되고 약하다고 너무 곱게 다루어도 안 된다. 먼지를 털고, 묵은 때를 벗겨 내고, 주름을 펴고, 결을 바로잡는다. 셀프로는 아무리 애를 써도 닿을 수 없는 경지이다. 이런 일을 할 수 있는 전문가는 따로 있다. 좋은 옷은 세탁소에 맡기고, 좋은 구두는 한 번씩 공들여 광을 내야 하듯이 아끼는 몸을 전문가에게 맡기는 것은 부끄러워할 일이 아니다. 단언컨대 세신은 내가 아는 한, 이만 원으로 나에게 해 줄 수 있는 가장 보람 있는 일이다.

내가 가는 목욕탕의 세신사들은 격일제로 일한다. 달이 바뀌면 근무일이 바뀌는 때도 있다. 나는 다이어리에 내 몸을 맡길 세신사의 근무일을 적기 시작했다. 짝수일인지 홀수일인지. 착실하게 날짜 계산을 하고 목욕탕에 갔지만 안 그런 척 '때 좀 밀어 주세요'라고 말하면 세신사 님은 시크한 눈짓으로 기다리라는 신호를 준다. 한 달에 한 번쯤 드나드는 손님이니 모를 수도 알 수도 있겠지만, 나는 그 무심함이 몸을 다루는 전문가의 직업정신이라고 믿는다. 이 동네를 떠날 수 없는 이유가 하나 더 생겼다.

채식주의자
단상

결국 제육볶음을 먹고 말았다. 아는 게 많으면 먹고 싶은 것도 많다지만 아는 것도 별로 없으면서 먹고 싶은 건 왜 이렇게 많은지 모르겠다. 식욕은 늙지도 않는지 풍부하고 다채로울 뿐 아니라 까다롭고 정확하다. 무딘 위벽을 뚫고 나오는 송곳처럼 언제나 뾰족하게 구체적으로 먹어야 할 것을 지정한다. 가을날의 비 오는 저녁엔 기름을 많이 둘러 부친 전이 먹고 싶고, 여름날 소나기가 쏟아지는 한낮이면 이가 시리게 차가운 냉소바가 먹고 싶다. 고추기름이 둥둥 뜬 짬뽕이나 김이 펄펄 나는 순댓국이 먹고 싶은 날도 따로 있다. 대체로 고기를 먹지 않은 지 오래되었는데도, 두툼한 돼지고기에 매운 고춧가루 양념을 한 제육볶음이 한번 머릿속에 떠오르면 얼마나 구체적인 맛과 자태로 나를 괴롭히는지 도무지 이겨 낼 수가 없다. 먹고 싶은 것도 많고 식욕을 버틸 인내력도 없으면서 채식주의자라니, 매번 신념은 식욕에 백기를 든다.

도처에 유혹이 너무 많다. 동네 식당의 태반은 고깃집이다. 식사시간에 거리를 지나다 보면 솥뚜껑 위에서 지글지글 끓고 있는 삼겹살과 김치가, 간장양념이 반지르르한 족발들이 먹는 일의 노골적인 즐거움을, 씹고 냄새 맡고 삼키는 일의 원초적인 충족감을 자극한다. 껍질을 벗기고 내장을 발라내고 피를 뽑아내는 과정을 거쳤을 돼지고기와 소고기와 닭고기는 왜 저렇게 귀엽고 앙증맞게 간판 한 켠을 차지하고 천진무구하게 웃고 있는 건지. 동네에 하나둘씩 생기기 시작한 수제 햄버거 집의 햄버거는 사진으로 봐도 다진 고기 속에 스며든 육즙의 풍미가 생생하다.

누군가와 함께 외식을 하거나, 여럿이 어울려 단체로 회식을 할 때 고기가 들어가지 않는 메뉴를 찾기란 육개장에서 고기를 골라내는 것만큼이나 어렵다. 혼자 비빔밥이나 잔치국수 같은 걸 시켜놓고 먹는 것도 고역이거니와 왠지 동석자들의 식사를 불편하게 하는 듯하여 괜히 안절부절이다. 나 때문에 메뉴를 고를 수 없어 곤란해하는 지인들의 표정을 보는 것도 불편하기는 매한가지이다. 때로는 굳이 고기를 먹지 않는다는 사실을 밝히지 않고 눈치껏 다른 반찬을 먹거나, 혹은 핑계 김에 오랜만에 몇 점 고기

맛을 보기도 한다. 냉면 육수에 이미 스며들었을 고기의 성분 같은 것은 그냥 모른 척하기로 한다. 채식주의자라고 밝히기도 숨기기도 민망한 사이비 채식주의자 신세를 면할 길이 없다.

육류와 생선, 유제품과 달걀을 먹느냐 마느냐에 따라 채식주의자의 분류도 다양하다고 들었지만 자세한 내용은 잘 모른다. 특별히 무엇을 분류하고 어디까지 먹자 말자 정한 것도 아니고 그냥 발 달린 고기는 먹지 않기로 했다. 고기를 못 먹거나 소화를 못 시킨다거나 하는 것은 아니다. 오히려 너무 잘 먹어서 탈이다. 동물 사육과 식육의 윤리 문제라면 사실 고기만 안 먹는다는 것도 모순이다. 살충제 성분이 검출된 달걀이 문제가 되면서 대중적으로 알려진 바와 같이, 폭력적 동물 사육이 문제라면 달걀도 먹지 않아야 한다. 오로지 알을 얻기 위해 한 마리당 사방 20센티미터 남짓의 공간에 닭들을 우겨 넣는 사육환경은 어느 동물의 사육에 비하더라도 충분히 잔인하다. 우유도 달걀도 먹고, 생선도 먹으면서 발 달린 고기만 먹지 않는 내 방식의 채식주의는 그러므로 내가 먹고사는 일의 존엄과 생명 존중을 동시에 환기하기 위한 최소한의 윤리적 장치라고 생각하고 있다.

2008년 광우병 집회 때부터이니 공식적으로 채식을 하기 시작한 지는 십 년쯤 되었다. 중간에 채식주의를 철회한 기간도 있고, 유혹에 못 이기거나 어쩔 수 없어 고기를 입에 댄 날도 꽤 있으니 아마도 내가 순수하게 고기를 먹지 않은 기간은 절반쯤인 오 년을 겨우 넘을 것이다.

원래 여론에 부화뇌동하는 스타일이라 전국적으로 집회시위가 일어나는 시점에 늘 광장에 있었다. 2002년 월드컵, 미선이 효순이 추모 항의 집회, 2004년 탄핵반대 집회, 2008년 미국산 쇠고기 수입반대 촛불집회, 2014년 세월호 희생자 추모 집회, 2016년부터 이어진 국정농단 규탄과 박근혜 대통령 탄핵촉구 집회 때 거의 빠지지 않고 집회가 열리는 현장으로 나갔다.

부화뇌동이라 하더라도 그 광장에서 배우는 것이 많았다. 고지식하게 '정치적 올바름'을 지키고자 하는 편이라 처음에는 '당연히 해야 할 일', 당위로 시작하지만 세상 모든 일이 그렇듯 당위의 내면은 풍부하고 섬세하다. '민주주의의 학습장'이라는 상투적 단어가 순진하게 액면 그대로 잘 먹히는 케이스가 바로 나다. '표현과 행동의 자유'라는 민주주의의 원리를 나는 2008년 촛불집회에서 다시 배웠다. 높이 쌓아 올려진 연단과 그 위에 선 사람들이 선창하는 구호가 아니라 촛불을 들고 제멋대로 현수막을 만들고 아무 데나 짝을 이뤄 앉아서 스마트폰으로 실시간 뉴스를 보거나 자기들끼리 소곤거리고 낄낄거리는 사람들이 민주주의의 선생이었다. 뉴스를 볼 때, 집회 현장에 나가 볼까 할 때, 그리고 집회 현장에서, 집회가 파하고 돌아오는 길에, 하고 싶은

말과 떠오르는 생각은 다 조금씩 다르다. 그 전 범위의 말과 생각이 모두 허용되고 실감되는 것, 누구나 그 전체의 과정을 겪으며 자신의 말을 가질 수 있게 되는 것, 그것이 진짜 표현의 자유이고 민주주의이다. 명박산성은 기가 막혔고, 교복을 입고 촛불을 든 소년소녀들은 어여뻤다. 그리고 나는 그 현장에서 채식을 생각했다.

과학적으로 충분히 입증되지 않았다 하지만, 광우병은 소들을 효과적으로 살찌우기 위하여 소의 뼈와 내장 같은 부산물을 사료로 먹인 것이 원인이라 한다. 동족의 뼈와 내장을 먹으며 성장하여 다시 다른 종의 먹이가 되기 위해 평생을 살게 하다니, 인간의 미각과 영양을 위해 다른 종들에게 그런 만행을 저질러도 될 권리가 인간에게 있을 리 없다. 한우는 너무 비싸므로 싸고 질 좋은 외국산 소를 먹을 수 있다면 좋은 게 아니냐고 선전하는 정부와 언론도 역겨웠다. 통상 압박과 무역의 중요성을 생존과 연결시키면서 불가피하므로 수입해야 한다고, 안 그러면 다른 물건을 못 팔아서 점점 가난해질 거라고 협박하는 논리에 어깃장을 놓고 싶었다. 무역 압박을 운운하는 자본시장의 논리는 동족의 뼈를 먹으며 미쳐 가는 소들을 도살하는 폭력과 다를 것이 없다. 먹지 않으면 먹힌다고, 사육당하는 처지에서는 뼈를 먹든 내장을 먹든, 자빠지든 미쳐 가든 닥치고 있어야 한다고, 그게 인간계의 법칙이라고.

내가 고기를 안 먹는다고 전 세계를 시장으로 삼은 거대 식품 기업들의 무지막지한 위력과 그들의 이익을 위해 작동되는 통상과 무역과 외교 논리를 꺾을 수는 없겠지만 그래도 일단은 나라도 지켜보고 싶었다. 이 지구에서 공존하는 생명들에 대한 최소한의 윤리를. 사실은 고기를 먹는 일이 그렇게 국운을 걸어야 할 만큼 절대불가결한 일도 아니며, 싼 고기를 먹는 것과 우리의 행복이 생각보다 그렇게 필연적으로 연관되어 있지도 않다는 것을 증명해 보고 싶었다. 육식은 선택 가능한 일이다. 취향은 선택될 수도 단련될 수도 있다.

영화 〈옥자〉의 백미는 무엇보다 '옥자'의 치명적인 매력이다. 유전자 변형으로 태어난 슈퍼 돼지가 그렇게 귀엽고 사랑스러울 수 있다니. 실사 애니메이션에서처럼 심산유곡을 뛰어노는 옥자와 미자의 영상은 영화 전체를 지배한다. 한국 산골과 뉴욕 빌딩숲의 대비가 도식적이라 하더라도, 도축공장의 끔찍한 살풍경이 너무나 리얼한 나머지 오히려 의도적으로 보인다 하더라도, 전반부의 '옥자'가 그것을 상쇄한다. '옥자'의 두툼하고 거대한 엉덩이는 사랑스러웠고(그 엉덩이를 비집고 나오는 거대 똥마저도!) 볼살에 파묻혀 잘 보이지도 않는 눈은 영리하게 빛났다.

살아 있는 돼지를 보면서 소시지나 수육을 떠올리며 입맛을 다시지는 않듯이, GMO 식품 논란을 보면서 유전자 변형으로 태어난 동물의 운명을 떠올리지는 않는다. 식품과 생명 사이에는 아주 오랫동안 조작된 인식의 장벽이 놓여 있다. 나 역시 '옥자'를 보기 전에는 유전자 변형과 살아 있는 동물을 함께 떠올리지 못했다. GMO 논란은 대부분 인체 유해성 여부에 초점이 맞춰져 있다. 인간에게 유해할 수도 있는 위험을 무릅쓰고 식량 위기를 극복할 대안으로서 GMO 식품을 선택하느냐의 문제는 생각해보면 철저하게 인간 중심적 의제이다.

'미자'와 함께 살고 놀고 교감하는 돼지에게 '옥자'라는 캐릭터를 부여하면서 '옥자'는 식품이 아니라 '생명'으로서 자신의 입장을 갖게 된다. 통상이나 무역이 그러했듯이, 국민건강과 안전이 그러했듯이, 유전공학이나 식품공학 같은 전문 분야는 존엄을 생각하며 불편하게 먹어야 할 생명들을 죽여도 괜찮은 식재료로 전환하는 장치이지 않을까. 적은 비용으로 더 많은 이윤을 산출해야 할 재료, 더 비싸게 팔아 더 고급한 식품이 되게 만드는 시스템을 수용하게 만드는 생경한 전문용어로서의 GMO.

유전자 변형 자체를 아예 하지 않아서 '옥자' 같은 생명이 태어나지 않는 것이 좋았을지, 아니면 태어난 생명을 그 존재 자체의 입장에서 바라보는 일이 필요할지 얼른 판단이 서지는 않는다. 어쨌거나 소시지와 살아 있는 '옥자'의 엉덩이를, 삼겹살과 '옥자'의 출렁이는 뱃살을 동시에 떠올리는 상상력은 더 개발될 필요가 있다. 유기농이든 친환경이든 그것이 인체 유해성을 기준으로 삼는 한 우리는 점점 더 우아하고 사치스런 포식자가 될 뿐이다.

풀뿌리를 캐먹으면서 살지 않는 한, 내 채식주의는 알량한 자기만족의 일부일 뿐일지도 모른다. 그러나 적어도 다른 생명을 먹으면서 살아갈 힘을 내는 존재로서의 겸손함은 가끔 생각하면서 살고 싶다. 그러기 위한 방법이야 저마다 다르겠지만, 여하튼 채식주의자거나 아니거나 마음 편하게 고기를 먹으며 살기가 만만치 않은 세상이다. 광우병 사태 때는 소가, 〈옥자〉에서는 돼지가, 살충제 달걀 파문에서는 닭들이, 식욕에는 별 도움이 안 되는 상상력을 자꾸만 자극하고 있다. 마음에 좋지 않은 것은 몸에도 좋지 않고 맛도 없었으면 좋겠는데, 주기적으로 제육볶음과 잘 튀긴 닭이 떠오르니 난감하다.

나는 십 년째 취향을 단련 중이고, 아마도 평생 그래야 할 것 같다. 고기가 아니어도 맛있는 것들이 많아서, 고기는 수없이 맛있는 것들 중에 겨우 낙점될 수 있는 하나의 선택지면 좋겠는데, 그간 먹어 온 고기의 맛은 혀와 뇌 깊숙이 각인되어 있고, 고기 요리는 나날이 식욕을 부추기며 발전하고 창궐한다. 대량으로 생산되고 공급되는 고기는 너무 많고, 인간의 창의성과 상상력은 이 고기들을 요리하는 데만 과도하게 집중되어 있다. 원효대사의 해골물처럼 내 마음을 바꾸는 것 말고는 길이 없는 걸까. 금욕 말고 과욕의 채식은 불가능할까.

일인용
식탁

망원동으로 이사하고 짐정리가 대충 끝난 후 식탁 위
에 일인용 식기를 세팅했다. 일인용 식기 세트는 일본 와카야마
(和歌山) 여행 중에 산 옻칠 식기 세트였다. 기슈 칠기(紀州漆器)라
는 명칭이 따로 있을 만큼 와카야마현의 구로에(黑江)는 옻칠 그
릇의 전통적 산지이다. 여러 번 옻칠을 하고 문양을 넣은 칠기는
어마어마하게 비쌌지만, 목기에 옻칠을 입힌 단순한 형태의 칠
기는 생각보다 비싸지 않았다. 밥그릇 하나, 국그릇 하나, 접시
두 개, 종지 두 개, 세트로 나온 것은 아니고 단품으로 하나하나
사서 나름 세트를 구성한 것이다. 태국여행에서 산 연두색 식탁
매트를 깔고 나무 젓가락과 나무 스푼까지 놓고 나니 그런대로
근사했다.

오래된 집이지만, 이사를 하고 난 직후의 집은 어쨌거나 내게는 새 집이다. 생활욕망이랄까, 일상욕망 같은 것이 가장 넘쳐나는 시기이다. 뚜껑이 달린 반찬통을 냉장고에서 꺼내 식탁 위에 바로 올리는 것이 아니라 칠기 접시에 조금씩 덜고 밥도 국도 그릇에 담았다. 옻칠이 된 긴 젓가락으로 조금씩 밥을 떠서 꼭꼭 씹다 보면 어떨 때는 외롭고 어떨 때는 뿌듯한 남부럽지 않은 일인 생활자가 된다.

먹는 것을 좋아하고 소설 읽는 것이 직업이다 보니 소설을 읽다가 음식 묘사가 유난히 눈에 띌 때가 있다. 화려하고 맛있는 음식 묘사도 많지만 가끔 떠오르는 구절은 의외로 간소하기 짝이 없는 오차즈케에 대한 것이다.

"차를 끓여 밥에 부어 먹으라는 것인데 청어지처럼 너무 짜거나 맵지 않은 밑반찬을 곁들이면 좋다. 입맛 없는 봄날, 혼자 먹는 밥상에 그만이다."(김영하, 「그림자를 판 사나이」)

선승처럼 고요한 식사, 음식을 흘리는 이도 말을 거는 이도 없는 밥상과 어울리는 간략하고 담백한 문장이다. 아마도 내가 혼자 밥을 먹으며 가끔 이 문장을 떠올리는 까닭은 "아침에 일어나 조간신문을 읽고 자신을 위한 밥상을 차리고 창을 열어 안과 밖의 공기를 바꾸고 철 지난 음악을 듣는 삶"에 공명했기 때문이다. 조금은 외롭고 조금은 적적하게, 알 것도 같고 모를 것도 같은 타

조금은
외롭고

조금은
적적하게,

알 것도
같고
모를 것도
같은

인들을 생각하며 혼자 밥상을 차리는 아침, 어제 만난 누군가와 오늘 해야 할 일이 두서없이 엇갈렸다가 차츰 가라앉는 시간이 익숙하다. 그런 밥상이라면 아닌 게 아니라 오차즈케나 달걀간 장비빔밥 같은 간소한 식사가 어울린다.

내친김에 소설 이야기를 좀 더 하자면 소설 속의 남자는 오차즈케 대신 카레라이스를 만든다. "저민 닭가슴살은 부드러웠고 당근도 몰캉몰캉 씹는 맛이 있었다. 그러다 한때 밥을 함께 먹던 사람들이 하나하나 생각나 울컥, 저 깊은 곳에서 무언가가 울렁거렸다." 십수 년 전에 나온 소설을 다시 읽다가 나도 마음 한구석이 울컥 울렁거렸다.

혼자 먹는 밥이란 그런 것이다. 정해진 순서에 따라 자르고 깎고 끓이고 냄새 맡고 씹고 삼키는 모든 일들을 아무렇지 않게, 익숙하게 해 내지만 그런데도 자꾸만 내가 먹는 밥상으로 누군가가, 어떤 일이 끼어들었다 사라졌다가, 마음을 흔들어 놓는다. 그렇게 흔들리는 마음을 찬찬히 들여다보고 그러다가 벽을 보고 앉은 내가 낯설고 낯설어서 잠시 멈칫하고, 벌떡 일어나 씩씩하게 설거지를 하고 커피를 내리면서 내 얼굴의 기색을 읽는다. 그러니 성찬이 아니더라도 일인용 식탁은 되도록 정성껏 차려져야 한다. 이왕이면 예쁘고 착한 얼굴을 읽고 싶으니까, 그럴 때는 잘 갖추어진 디테일이 중요하다.

요리를 좋아하는 편이고 솜씨가 빼어나지는 않아도 대충 그럴 듯하게 맛을 낼 줄 아는 편이다. 한때는 대한민국 최대 요리 사이트에 매일 출근도장을 찍는 열혈 회원이었고, 그때그때 커뮤니티에서 광풍이 불었던 피클이니 샐러드소스 같은 것을 만들어서 냉장고에 쟁여 두기도 했다(원래 부화뇌동에 소질이 있다). 몇 시간씩 걸려 동파육이나 양장피 같은 중국요리를 만들어 놓고 혼자 뿌듯해하기도 하고, 베이킹에 꽂혔을 때는 먹을 사람도 없는 파운드 케이크나 쿠키를 만드느라 오븐깨나 돌렸다.

물론 다 한때다. 지금은 만드는 법도 먹는 법도 다 잊어버렸다. 대학에 들어가면서 부모님과 분리되어 독립생활을 했고, 단칸 자취방을 전전하다가 좁아도 내 부엌이 생기면서부터였을 것이다. 경제적으로 독립해야 정치적으로도 독립할 수 있다고, 혼자 사는 사람이 되기 위해서는 적어도 자기가 좋아하는 음식 정도는 스스로 만들 줄 알아야 한다고 생각했던 것 같다. 자취라는 말이 주는 궁상스런 어감을 싫어했고, 부모로부터 독립하여 떨어져 나왔으면서 생활을 여전히 부모님께 의존하고 싶지는 않았다. 세상에 공짜는 없다. 독립하지 못하면 간섭과 개입을 감수해야 한다. 엄마가 없으면 해결되지 않는 김치를 일찌감치 혼자 담그기 시작하고, 국이나 찌개, 밑반찬 같은 집밥의 필수요소들을 익혔다. 아직도 김장김치나 된장이니 고추장 같은 것은 엄마의 신세를 지지만 혼자 사는 일의 감정적, 정치적 분리선은 필요하다. 그 분리선이 내게는 요리였다.

사실 거창한 명분 같은 것 붙이지 않아도 요리는 그 자체로 충분히 즐거운 작업이다. 재료들을 꺼내 놓고 순서를 생각하며 다듬고 썰고, 익는 속도와 식감의 차이를 생각하며 절차를 정해 볶거나 찌고 익히는 일을 짧은 시간에 해 내기 위해서는 수많은 시행착오와 나도 모르게 축적된 입맛의 경험이 필요하다. 잡생각을 하다가는 손을 베거나 손톱을 썰게 마련이고, 조금만 순서와 시간을 잘못 계산하면 아까운 재료들은 타거나 졸아붙어 허무한 망작이 된다. 버릴 수가 없어서 타거나 간이 안 맞는 음식을 억지로 쑤셔 넣다 보면 울컥 하고 내장 깊은 곳이 울렁거린다. 겨우 국물이 짜거나 감자가 안 익었거나 한 것뿐인데 뭐가 그렇게 서러워서, 왜 이렇게 되는 일이 없나 하고 비관에 빠지는 일도 비일비재하다.

미스터 요리왕도 아니고 일류 셰프의 허세 같은 걸 부릴 일도 없다. 과정 하나하나에 정성을 다해 오직 섬세하고 까다롭게, 맛 그 자체에 집중하는 장인 행세를 할 생각 같은 건 꿈에도 없다. 그래도 요리를 망치지 않을 정도만큼만 잡생각을 허용하고 재료들과 어설픈 대화라도 나누면서 마음의 반틈 정도는 텅 비워 놓아야 한다. 반쯤의 무념무상, 요리와 함께하는 명상의 시간이다.

고유의 맛과 향을 가진 좋은 재료를 고르고, 적절하게 알맞은 식감을 유지하며, 어울리는 양념과 조리법을 상상해야 하는 요리는 생각보다 훨씬 까다롭고 섬세한 작업이다. 그만큼 숙련된 노동이 필요하며, 그러한 노동에 대한 충분한 존중과 우대는 더 필요하다. 혼자 먹는 밥은 그 노동의 과정을 누구보다 내가 잘 알고 있으며, 그만큼의 존중과 우대를 내 스스로 당연하고 자연스럽게 내게 바칠 수 있어서 좋다. 자급자족의 숭고함을 요리만큼 섬세하게 확인할 수 있는 일도 드물다.

이사 오고 한 달이 조금 지나서 일인용 식기 세트는 다시 싱크대 수납장 깊숙한 곳에 고이 모셔 두었다. 옻칠 식기로 밥 먹는 일이 그렇게나 대단한 사치인 줄 미처 몰랐다. 식후의 노곤함을 이기고 밥을 먹자마자 곧바로 설거지를 해야 한다. 옻칠이 되어 있어도 근본적으로 나무 식기이니 물에 오래 담가 둘 수도 없고, 수세미질을 마음껏 할 수도 없다. 밥을 풀 때도 주걱에 묻은 밥알을 밥그릇 가장자리에 비비듯이 덜어 놓아서는 안 된다. 톡톡 털어서 밥그릇 중앙에 안착시키고, 남은 밥알은 (모양 빠지게) 주걱째 뜯어 먹던가 아니면 버려야 한다. 세제를 함부로 써도 안 되고 설거지를 한 후에는 곧바로 마른 수건으로 물기를 깨끗이 닦아 내야 한다. 밥그릇과 국그릇을 겹쳐 쌓아 놓아서도 안 되므로 설거지를 하는 즉시 잘 닦은 그릇은 원래의 자리에 다시 가지런히 놓는다. 그러니 식탁은 항상 잘 정리되어 있어야 하고. 며칠째 집에서 밥을 못 먹거나 한 날은 다시 물 묻은 행주와 마른 행주로 번갈아 식기의 먼지를 닦아 내고 밥상을 차려야 한다.

우아한 일인 식생활을 유지하기에 나는 너무 게으른 족속이었다. 결국 쿠로에의 명품 식기는 내게 자랑과 아쉬움을 남긴 채 싱크대 깊숙한 곳에서 묵언수행 중이고, 나는 '깨어지지 않는 아름다움'으로 복귀했다. 말이야 바른 말이지만 '깨어지지 않는 아름다움'은 없다. 깨어지지 않으니까 그 정도 아름다움에 타협하는 것일 뿐, 아름다움이란 잘 깨지고 날카롭고 예민하고 원래 그런 것이다. 이런 소리를 듣고도 십 년이 넘도록 깨어지지 않고 굳건한 나의 '코렐' 접시! 그의 무던하고 든든한 신의에 물론 감사하고 있다.

하루에 한 가지라도 새 반찬을 만들고 김치를 떨어지지 않게 하는 일상의 식사를 유지하기가 쉽지 않다. 냉장고에 남은 채소나 양념류를 생각하며 시들기 전에 뭐라도 만들기 위해서는 항상 냉장고의 목록들이 머릿속에 있어야 하고 멸치나 건새우, 대파 같은 것은 냉동의 형태로라도 항상 구비되어 있어야 한다. 무엇보다 재료를 다듬고 익히고 간을 맞추고 식탁에 차려 밥을 먹고 나면 어느새 지치고 만다. 요리를 즐기고, 먹는 것을 더 즐기기 위해서는 생활에 대한 엄청난 열정이 필요하다. 요리보다는 더 생산적인 일에 열정을 바치는 것이 낫다고 흔히 생각하는 것도, 굳이 직접 요리를 고집하기보다 외식의 간편함을 선택하는 것도 다 이유가 있다. 요리와 앞과 뒤 최소한 한 시간 정도의 여유는 있어야 일인용 식탁의 존엄을 생각할 수 있다. 점심 한 끼를 맛있게 먹기 위해서는 최소한 오전 시간 전체가 어딘가에 얽매이지 않는 여유로 확보되어야 한다고 경험상 깨닫고 있다.

요리에 대한 대단한 철학을 갖고 있는 척 허세를 떨었지만 사실 내가 요리를 하고 식탁을 차리고 먹는 일에 마음을 쓰는 날이라야 한 달에 며칠이 되지 않는다. 원고가 밀리거나 이런저런 약속이 많거나 다른 일에 정신이 팔렸을 때는 도무지 요리에 손을 쓸 여유가 생기지 않는다. 지금 그래도 일인용 식탁에 대해 이런저런 개똥철학을 늘어놓는 것도 근래에 내가 일없이 노는 시간이 많아서 그렇다. 지난 몇 년간 애써 왔던 일들이 나를 꽤 피로하게 했고 치명적이지는 않지만 대체로 실패인 결과를 낳은 것 같아 마음이 종종 아프다 보니, 어느새 잊고 있었던 요리에 복귀해 있다. 집 안은 정신없이 어지럽고 냉장고에는 오래된 냉동식품뿐인데 냉동된 밥을 꺼내 전자레인지에 데우고 묵은 반찬들을 반찬통째 꺼내 꾸역꾸역 먹다 보면 마음 깊은 곳에서 울컥 하고 무언가 울렁거릴 때가 있다. 괜찮아, 그까짓 거 하며 파를 다듬고 북어대가리와 국물용 멸치를 꺼내 육수를 낸다. 달걀 몇 개 깨 넣

고 달걀찜을 만들면서 새 밥을 짓다 보면 정말 괜찮아지기도 한
다. 혼자 먹는 밥에 인생의 온갖 희노애락이 다 있다. 싱크대 벽
장 속에 잠자고 있는 옻칠 식기가 식탁으로 복귀할 때가 되었나
보다. 아주 가끔이라도, 깨어져도 아름다운 게 필요한 시간이 있
다고, 낯선 여행지에서 까다롭고 예쁜 그릇을 사 모았던 더 젊은
내가 나를 위로한다. 자기연민에 빠질 것까지는 없다며, 깨어지
지 않는 아름다움은 또 관대하게 나의 게으름과 무심함을 기다
려 줄 것이다.

나의
마라톤
편력기

●　　　어쩌다 마라톤을 시작했냐는 질문을 받을 때마다 나는
외로워서라고 대답한다. 외로움이라고 하면 괜히 안쓰럽게 바
라보는 사람들이 있는데 외로움라는 게 굳이 그런 반응이 필요
한 감정은 아니다. 그저 심심함과 한가함을 공통분모로 하고 약
간의 감상이 섞인 상태가 외로움이다. 일 년 반 정도 도쿄에 머
물 기회가 있었다. 직장이 있는 것도 아니고 수업을 들어야 하는
것도 아니어서 시간이 많았다. 물론 나와 비슷한 케이스의 유학
생들은 불철주야 공부에 매진했지만 나는 그렇게 성실한 인간이
못 되었고, 게다가 난생처음 경험하는 외국생활은 신기한 것이
너무 많았다. 길은 낯설고 말은 서툴러 거기에서의 모든 시간은
내가 부지런히 채워 넣지 않으면 결코 흐르지 않을 기색으로 고

집스럽게 질겼다. 틈나는 대로 안 가 본 길을 산책하는 것으로 낯선 동네를 익히고, 식당 메뉴판이나 슈퍼 진열대에서 일본어를 공부했다. 지금도 농담 삼아 이야기한다. 내 일본어는 슈퍼 일본어라고. 슈퍼맨의 슈퍼가 아니라 슈퍼마켓의 슈퍼. 내 동네 탐구 생활의 이력은 일본 생활에서 촉발된 것일지도 모른다.

산이 거기 있으므로 오른다고 등산가들은 이야기한다는데, 그럼 나는 길이 거기 있으므로 달린다고 근사하게 말해 보겠다. 와세다(早稲田) 대학 근처에서 살았는데 대학 뒷편으로 간다가와(神田川)라는, 강이라기에는 작고 개울이라기에는 큰 강이 있었다. 자그마한 개천 같은 곳이었지만 물가의 벚나무들이 꽤 볼만한 곳이었다. 봄이 되면 터널처럼 벚꽃이 피고 떨어진 꽃잎이 강물에 비누거품처럼 가득 떠내려가는 걸 보고 있노라면 공부든 뭐든 어쨌거나 좋다는 생각이 들기도 했다. 벚꽃이 눈처럼 내리는 길 사이를 달린다니, 이건 뭐 선택의 여지가 없지 않은가. 처음에는 걷다가 차츰 달리기 시작했다. 벚꽃이 피어도 아름답지만 피지 않아도 달리기 좋은 길이었다. 거의 차도를 통하지 않고 이어지는 길을 따라 달리다 보면 낯선 동네에 닿기도 하고 괜히 들어가 보고 싶은 가게를 발견하기도 했다. 백 년 된 프랑스식 빵집이라든가 화덕에서 갓 구운 난을 꺼내는 인도식당도 있었다. 못 가 본 길 끝에는 언제나 궁금하고 새로운 세계가 나를 기다리고 있었다. 인터넷을 통해 검색한 도쿄 달리기 클럽에 등록해서 닌교쵸(人形町)나 몬젠나카쵸(門前仲町) 같은 오래된 거리를 달리기도 하고 레인보우 브릿지를 건너 오다이바(お台場)까지 가보기도 했다.

짧은 여행을 겸하여 인생 최초의 마라톤 대회 참가를 계획했다. 내게 있어 마라톤이란 낯선 거리를 달리면서 알아간다는 의미였으므로, 목적지는 신록이 아름답기로 유명한 도쿄 근교의 카루이자와(軽井沢). 도쿄에서 가까우면서도 도쿄보다 훨씬 시원한 기후와 아름다운 풍광 때문에 메이지 시대부터 피서지로 유명한 곳이다. 모리 오가이(森鴎外), 아쿠타카와 류노스케(芥川龍之介), 가와바타 야스나리(川端康成) 등의 유명한 문인들이 이곳에서 여름을 보냈다 하고, 『어떤 여자』의 아리시마 다케오(有島武郎)는 이곳의 별장에서 애인과 함께 자살하여 카루이자와를 더욱 유명하게 만들었다. 도쿄에서 버스를 타고 대회 하루 전날 도착하여 아울렛 구경도 하고 잼가게니 향초가게니 일본 특유의 오밀조밀한 상가를 돌아 메이지 시대에 지어졌다는 여관이며 유명인들의 별장지도 구경했다. 메이지 시대의 여관은 지금도 영업을 하고 있었지만 가난한 유학생에게는 언감생심이다.

기차로 십 분 정도 떨어져 있을 뿐인데 민박집은 럭셔리한 카루이자와와는 완전 딴판인 시골이다. 민박집 근처의 식당에서 동네 사람들이 모여 가라오케 노래자랑을 벌이는 진풍경도 감상했다. 민박집에서 제공되는 아침을 먹고 일찌감치 도착한 카루이자와는 마라톤 대회 분위기로 한껏 들떠 있었다. 일본의 어지간한 도시에서는 모두 그 도시 이름을 딴 마라톤 대회가 해마다 열리는데, 그 도시의 가장 자랑할 만한 곳을 두루 돌아볼 수 있는 코스가 알차다. 카루이자와 하면 역시 신록이 아니겠는가. 막 짙푸른 색을 띠기 시작한 숲으로 뒤덮인 작은 언덕들을 연결하는 하프코스는 외지인이 카루이자와를 맛보기에 그만이었다. 평범한 관광객으로는 결코 가 볼 수 없는 숲길을 달리는 즐거움이란 달리기의 고통 같은 것은 감수하고도 남을 정도였다. 마침 가는 비가 내렸다. 숲이 뿜어내는 향기를 맡으면서 대부분이 흙길인 녹색 터널을 지나, 온몸이 비명을 지를 즈음 피니시라인을 통과했다. 내 생애 최초의 마라톤 하프코스 완주였다.

비에 흠뻑 젖은 몸을 대충 닦고 쿠사츠(草津)로 가는 버스에 올랐다. 한 시간 삼십 분 정도면 일본인들이 가장 사랑하는 온천이라는 쿠사츠에 도착한다. 3·11이 일어나기 전이었다. 이제 다시는 쿠사츠의 온천에 몸을 담글 수 없다는 생각을 하면 무언가 소중한 보물을 잃어버린 기분이다. 전쟁을 일으켰지만 전쟁의 포화가 닿지는 않은 일본 본토에는 백 년 넘은 가게나 시설이 흔하다. 쿠사츠의 대욕탕 역시 백 년 전 시설을 유지하고 있다. 물론 그동안 개보수는 있었겠지만. 열탕지옥처럼 들끓는 오래된 탕에 몸을 담그면 좋은 기든 나쁜 기든 몸의 기라는 기는 모두 다 빨려 나가는 느낌이다. 역사와 전통을 자랑하는 온천물의 포스가 무지막지하게 온몸을 향해 달려드는 기분이랄까. 온천과의 사투를 벌이고 나면 뭔가 해탈한 것 같은 상태가 된다. 달리기의 피로와 비에 젖은 몸의 추위 같은 것은 잊은 지 오래다. 화장실을 공동으로 써야 하는 저렴한 여관으로 들어가 여관에서 제공하는 저녁을 먹고 차가운 캔맥주를 마시면서 첫 하프코스 완주 및 카루이자와 쿠사츠 관광을 마무리했다. 이쯤 되면 남부럽지 않은 본격 마라토너 입문이라 해도 좋지 않을까.

하프 정도로 만족할 생각이었다. 어쩌다 길이 거기 있어서 달리게 되었지만, 풀코스를 아무나 뛰는 것은 아니지 않은가. 게다가 나는 학교 시절부터 체육에는 젬병인 몸치여서 체육 실기 평가가 있을 때마다 선생님의 어이를 통째로 상실케 했으며 친구들의 동정과 야유를 한몸에 받는 신세였다. 운동회 때마다 달리기가 제일 싫었으며 백 미터 단거리는 이십 초는커녕 이십오 초 안에 들어오는 것이 목표인 낙제생이었다. 그런데 누가 알았겠는가, 경쟁률이 10:1에 달한다는 도쿄 마라톤 대회에 장난 삼아 신청한 것이 덜컥 당첨될 줄은. 복권을 긁어도 오백 원짜리 하나 걸리지 않는 내 불운의 내력 따위 개의치 않고 도쿄 마라톤 대회가 현해탄 건너에서 나를 열렬히 초청했다. 도쿄 마라톤 대회 참가자 자격을 얻었다는 엽서를 일본 생활을 끝내고 한국에 돌아와서 받았다. 포기하든가, 마라톤 대회에 참가하기 위해 도쿄행 비행기표를 끊든가 둘 중 하나였다.

　홀홀 단신으로 2박 3일 도쿄행 비행기표를 끊었다. 대회 하루 전날 도착하여 신주쿠(新宿)의 비지니스 호텔에서 자고 다음 날 아침 도쿄 도청으로 나갔다(나의 달리기는 시종일관 외롭다). 풀코스 데뷔를 국제 공인 마라톤 대회를 통해 하게 되다니, 그것도 해외에서. 죽을 수도 있으니 무리하지는 말고(여기서 죽으면 객사다) 그래도 할 수 있으면 완주는 하고 싶었다. 특별히 규모를 자랑하는 대회를 제외하고 보통의 마라톤 코스는 20킬로미터 지점쯤에서 반환점을 돌아 출발점으로 되돌아오는 경우가 많다. 그러나 도쿄마라톤 대회는 그 정도로는 성이 차지 않았던 모양이다. 행운이었는지 불운이었는지 그때의 코스는 도쿄 도청에서 출발하여 오다이바의 빅사이트에서 끝나는 코스였다. 중간중간 중복 코스가 없는 것은 아니었으나 말 그대로 도쿄 시내 전체에 코스를 펼쳐 놓은 어마어마한 스케일이었다. 도쿄 도청에서 출발하여 이다바시(飯田橋)를 지나 고쿄(皇居)의 해자를 끼고 돌아 히비야(日比谷) 공원을 지나고 시나가와(品川)까지 왔다가 다시 아사쿠사(浅草)까지 가서 긴자(銀座)와 츠키지(築地)를 거쳐, 오다이바에 이르는 대장정이다. 도쿄타워는 물론이고 고쿄의 니쥬바시(二重橋), 히비야 공원, 아사쿠사의 카미나리몬(雷門), 긴자 메인 도로와 츠키지 시장, 스카이트리까지 도쿄의 관광 명소라는 명소는 하나도 놓치지 않겠다는 굳은 결의로 만든 코스임에 틀림없었다. '옛다 도쿄, 모든 것을 한 방에 보여 주지, 맛 좀 보셔' 뭐 이런 건가? 내가 달리면서 도쿄의 낯선 길을 익혔다는 것을 알고서, 나를 위해 특별히 마련한 코스인 건가? (글을 쓰기 위해 찾아보니 지금의 도쿄마라톤 코스는 반환점을 돌아 출발한 곳으로 되돌아가는, 방대한 스케일 같은 것은 더 이상 자랑하지 않는 겸손한 코스다.)

관광 가이드에나 나오는 명소들을 달리면서 지나친다. 헉헉거리면서 달리다 보면 일본 왕이 산다는 궁의 돌담과 해자가 보이고, 지쳐 죽을 것 같을 때쯤에는 도쿄 타워가 보인다. 지옥 같은 오르막을 오르다 보면 아사쿠사의 카미나리몬이 나타나고 스카이트리가 성큼 다가온다. 내가 사랑했던 긴자의 메인도로를 3만 명이 넘는 마라토너들과 함께 달린다. 도무지 끝날 것 같지 않았는데 멀리서 오다이바의 대관람차가 보이기 시작한다. 죽음의 레이스이지만 또한 모두에게 축제다. 맨몸으로 달리기도 힘든데 인형탈을 쓴 사람, 망토를 펄럭거리거나 색색의 깃발을 든 사람, 생중계를 위해 핸드폰과 녹음기 등 각종 장비를 주렁주렁 매단 사람도 있다. 카메라가 비친다 싶으면 괴성을 지르면서 누군가의 이름을 외친다. 마라톤 행렬이 지나는 동네마다 경쟁하듯이 음료를 내놓고 사탕 바구니를 흔들며 북을 치고 춤을 추며 난리도 아니다. 도쿄 전체가 마라톤으로 북새통이다. 42.195킬로미터, 무려 다섯 시간 삼십 분을 달려 완주했다. 죽을 것처럼 힘들었지만(승리의 소식을 알리기 위해 쉬지 않고 달린 병사의 죽음이 마라톤의 유래라는데 충분히 그럴 만하다), 내가 달려서 지난 거리들을, 함께 뛰던 사람들과 응원하던 사람들의 기묘한 유쾌함을 잊지 못할 것이다.

마라톤을 한다고 하면(얼떨결이지만 풀코스를 뛰었으니 마라톤을 한다고 말해도 되지 않을까) 거의 백 퍼센트의 사람들이 묻는다. 러닝하이라는 것이 있다면서요. 뛰다 보면 무언가에 취한 듯이 고통을 잊는 희열의 순간이 찾아온다면서요. 그런 게 있다면 내 몸을 혹사해 가면서 달리는 이유를 억지로라도 이해해 주겠다는 듯이 대답을 기다린다. 내 대답도 한결같다. 러닝하이는 개뿔, 그런 거 없어요. 그저 끝날 때까지 쭈욱 고통스러울 뿐이랍니다. 내가 생각하기에 러닝하이라는 것은, 그런 게 있다면 장시간 한결같은 속도로 쉬지 않고 달릴 수 있는 훈련된 육체에만 찾아오는 순간인 것 같다. 나처럼 느린 속도로, 그것도 쉴 새 없이 고통스러워하면서 겨우겨우 달리는 사람들은 상상도 할 수 없는 경지다.

흔히 마라톤을 하는 데 가장 중요한 것이 폐활량이라고 생각

하지만 오히려 그것은 부차적 문제이다. 달리다가 숨이 차면 속도를 늦추고 숨을 쉬면 된다. 통증이 더 문제다. 머리부터 발끝까지 온몸의 근육과 뼈가 아파 온다. 목덜미부터 척추를 따라, 엉덩이뼈와 허벅지 종아리와 발목, 발가락까지 다 아프다. 발가락에는 물집이 생기다 못해 마침내 해져 피가 나오고 겨드랑이와 사타구니는 살끼리 쓸려 빨갛게 부어오른다. 물을 마셔도 갈증은 계속되고 나중에는 멈춰 서면 갑자기 찾아오는 통증 때문에 멈출 수도 없다. 그저 끝날 때까지 고통을 참으며 계속 달리는 것말고는 답이 없다.

그런데 왜 달리냐고 묻는다면. 목표를 기어코 달성하는 성취감이나, 고통을 참고 견디며 마침내 뜻을 이루는 인내심 따위 애초부터 없는 인간이다, 나는. 의지박약의 대표 선수이며 중간에 포기하는 데 가장 과감한 결단력을 발휘하고 결심과 계획만은 누구에게도 뒤지지 않지만 그것을 결국 완수하지 못하는 게으름의 총량 역시 누구에게도 뒤지지 않는다. 달리면서 만나는 새로운 풍경들이, 매 순간 새삼스러운 내 몸의 고통스런 신호들이 나를 계속 달리게 한다. 내가 그깟 달리기를 계속하는 이유다. 목표같은 것 이루지 못해도 좋지만 저 풍경들과 만나는 시간을 포기하고 싶지는 않다. 그래서 나는 아주 느리게, 천천히 달린다.

도쿄의 참맛을 한 방에 보여 주겠다는 패기는 좋지만, 그리고 그 방대한 코스의 도로를 모두 통제할 수 있는 마라톤의 위상도 부럽지만, 그래도 오다이바는 좀 너무하지 않은가. 인도를 향해 떠났으나 엉뚱하게 아메리카를 발견한 아메리고 베스푸치도 이런 기분이지 않았을까. 신대륙 발견의 기쁨이 아무리 커도 다시 대서양을 건너 돌아갈 길이 줄어들지는 않을 테니. 왜 난데없이 베스푸치냐고? 그때 내 기분이 꼭 신대륙에 닿은 것 같은 기분이었으니까. 목표를 정해 두고 달렸고 마침내 완주했으나 거기가 목표가 아니었던 것 같고, 너무 힘들고 지쳤으며, 집에 가고 싶었으나 집이, 너무 멀었다. 마라톤 코스가 반환점을 돌아 출발점으로 되돌아가는 데는 다 이유가 있다는 것을 그때 알았다.

온몸의 기력을 소진하고, 근육은 속속들이 아프다고 비명을 질러대고, 몸의 관절이란 관절은 모두 삐걱거리는데, 패잔병 같은 몰골로 다시 출발점으로 돌아가야 한다. 출발점 가까운 곳에 숙소를 정했으므로 지하철을 갈아타고 돌아가는 데 한 시간은 걸릴 것이다. 햇빛에 달궈진 몸은 벌겋게 작열하고 버짐처럼 땀의 흔적이 소금기로 남아 허옇게 버석거리는데, 혼미한 정신으로 이번에는 전철을 갈아타면서 다시 도쿄 횡단인가. 풍경이나 마나 몸의 고통 따위 폼 잡는 말은 그만두고 비장하게 결심했다. 내 인생에 풀코스는 한 번으로 족해. 패잔병으로 가득 찬 전철 안에서 체면 따위 개나 주라고 바닥에 널부러져서, 다시는 이런 무

봄이면
색색으로
만개하는
꽃길

언덕에
홀리기라도
하면

어느새

모한 짓을 하지 않겠다고 거듭 다짐했다.

풀코스 완주 이후 마라톤에 대한 열정은 좀 식었다. 공백기를 마치고 복귀한 한국생활에 적응하느라 바쁘기도 했다. 드문드문 대회에 참가하기는 했으나 달리면서 마주하는 풍경이 내 달리기를 계속 추동할 만큼 매력적이지 않은 것도 컸다. 카루이자와를 떠올리며 참가한 광릉숲 마라톤 대회였지만 달리는 내내 광릉숲은 구경도 못 했다. 풀코스 마라톤을 준비하며 참가한 33킬로미터 대회는 올림픽 공원에서 출발한 이후 내내 한강변만 달렸다. 한강이 아무리 좋아도 다리 몇 개를 거치면서 계속 달리다가 다시 되돌아오는 코스는 무미건조하다. 벚꽃 마라톤 대회에서 하프를 뛰는 내내 내가 만난 벚꽃길은 너무 짧았다. 물론 한국 중요 마라톤 대회의 절반 이상을 차지하는 조중동 주최 마라톤 대회에는 참가하지 않고, 지방의 마라톤 대회에도 가 보지 못한 주제에 한국 마라톤 코스의 현황을 일반적으로 논할 처지는 못 된다. 모든 것이 신기한 외국에서의 마라톤 체험과 한국의 마라톤 체험을 비교하는 것도 좀 부당한 처사이기는 하다. 무엇보다도 나는 이미 남부럽지 않은 중년. 조금만 달려도 무릎이 아프고 피부는 어느새 햇빛과 땀에 극도로 민감한 체질로 변해 있었다.

망원동 유수지의 성산대교에서 가양대교까지의 코스는 달리기에 정말 좋은 구역이다. 물론 캠핑에도 소풍에도 좋은 구역이기는 하지만. 매일 변하는 계절의 색깔을 알아채기 좋을 만큼 나무가 충분하고 누가 가꾸는지는 모르겠지만 철마다 다른 꽃들이 피었다 진다. 봄과 여름의 풍경이 다르고 아침과 저녁의 풍경이 다르며 맑은 날과 흐린 날의 풍경이 다르다. 매일 같은 코스를 달려도 늘 다른 풍경과 만날 수 있다. 달리다 보면 어느새 다른 길로 새는 바람에 도무지 달리기를 매듭짓지 못하고 함흥차사가 된다는 것이 문제라면 문제. 잘 닦여진 자전거도로와 산책로 사이사이로 숲과 갈대밭과 습지로 들어가는 샛길이 무궁무진해서 정신을 차려 보면 강물이 보이는 벤치에 하염없이 앉아 있다. 봄이면 색색으로 만개하는 꽃길 언덕에 홀리기라도 하면 어느새 주로를 이탈하여 노을 공원에 올라가 캔맥주를 따고 있기 십상이다.

　얼마 전부터 초심자의 자세로 조금씩 일정한 시간을 달리는 연습을 시작했다. 성산대교에서 가양대교까지 왕복 5킬로미터 남짓의 거리는 초보자의 달리기 연습으로는 맞춤한 거리이다. 풀코스 완주자의 자부심 같은 것은 버린 지 오래다. 내 나이와 내 몸에 속도를 맞추는 단거리 마라토너가 되기로 한다. 한강의 풍경이 나를 또 달리게 한다.

동네
서점에
간다

얼마 전 집 근처에 작은 서점이 문을 열었다. 동네서점이 붐이라더니 우리 동네에도, 하는 반가운 마음이 없었던 것은 아니지만 한동안 선뜻 문을 열고 들어가지 못했다. 진열대에 놓인 책들이 낯설기도 했지만 무엇보다 너무 작은 공간이라 들어서기가 부담스러웠다. 내가 무슨 책을 보는지 주인장이 계속 지켜볼 것 같고, 뭐라도 사가지고 나와야 할 것 같기도 했다. 물론 어떤 책을 파는지, 지나가며 봐도 손님이 있는 날이 별로 없는 것 같은데 장사는 되는지 계속 궁금하기는 했다. 얼마 전 괜히 불쑥 용기가 생겨 들어가 보고 괜한 걱정을 하고 있었음을 알았다. 좁은 공간에 열을 지어선 서가 안쪽 깊숙한 곳에 주인은 숨듯이 앉아서 내게는 아무 관심도 없었다. 낯선 책이 많았던 것은 그동안 내가 인터넷 서점의 메인 페이지나 각종 매체의 베스트셀러 목록에만 익숙해 있었기 때문이었다.

다른 세계의 문을 하나 더 열어 본 느낌이었다. 나는 몰랐다. 세상에 이렇게나 많은 책들이 계속해서 생산되고, 이렇게나 많은 잡지들을 누군가 정기적으로 펴 내고 있다는 것을. 청춘들의 생활담, 동네 로드숍 취재기, 생활 글쓰기 동호회, 혹은 혼자서 꿋꿋이 시를 쓰고 사진을 찍고 여행기를 쓰는 누군가. 대형출판사에서 광고를 쏟아붓는 책도 아니고, 제도적으로 인정받은 전문 작가도 아니지만 누군가 끊임없이 글을 쓰고, 책을 내고, 누군가 읽어 주기를 간절히 바라며, 그것으로 말 건네기와 말 듣기가 시작된다. 수단과 방법을 가리지 않는 직접 간접 광고, 리뷰, 스타 작가들의 TV 출연, 그것들을 유통하고 먹히게 만들고 결국은 팔리게 하는 여러 전문가들로 이루어진 책 시장, 공고하게 구축된 책의 제국 아래에 은밀하게 만들어진 언더 그라운드.

누가 뭐래도 글을 쓰고 책을 만들며 그것으로 소통하는 책의 은신처 같다는 생각을 했다. 절대로 주인장에게 눈치가 보여서가 아니라, 정말로 그들이 무슨 말을 하는지가 궁금해서, 이 본 적 없는 책들이 내가 모르는 새 사라져 버릴 것만 같아서 이런저런 책들을 주섬주섬 사 들고 나왔다. 할인 같은 건 되지 않고 마일리지도 적립되지 않으며 사은품도 없었지만 진심으로 그 책들이 궁금했기 때문이다.

개성 있는 동네서점들이 많이 생기고 있다는 뉴스를 미디어 보도를 통해 접하기는 했다. 서점은 단지 책을 파는 곳이 아니라 어떤 책을 읽을지 컨설팅해 주고, 비슷한 관심사를 가진 사람들을 이어 주며, 책 읽을 공간이 부족한 사람들에게 조용히 책에 몰두할 공간을 제공하는 멀티 문화공간이 되어 가고 있다. 책을 파는 것만으로는 상업적 유지가 불가능한 곳이 대부분이라 책보다 음료 판매나 공간 대여, 각종 이벤트 기획으로 적자분을 메꾸기도 한다는 이야기도 들었다. 책을 읽지 않는다고, 책 소비량이 줄어서 책 시장 자체가 쪼그라들고 있다고, 이래서는 출판사도 작가도 살아남기 힘들다는 푸념도 많이 들었다. 대학 수업에서 일단 읽는 것이 중요하다고 아무리 강조해도 학생들은 책을 잘 사지 않는다. 학생들에게도 나름의 이유가 있다. 일단 대부분의 학생들은 필요한 책을 다른 소비에 앞세울 만큼의 여유가 없다. 등록금도 내야 하고 방값도 내야 하고 밥도 먹고 차도 마셔야 하니까. 그러나 그것만이 이유는 아니다. 공간이 없다는 것이다. 한 권 두 권 책을 사다 보면 어느새 좁은 방 안에는 책이 쌓이게 마련인데, 그 책들을 수납할 공간이 없다. 학생뿐만 아니라 충분한 공간을 가지지 못한 가난한 시민들에게 책을 사고 읽고 보관하고 다시 찾아볼 수 있는 서가를 갖는 것은 거의 불가능한 꿈에 해당한다.

대부분이 월세, 좀 나아봤자 겨우 전세로 계약기간마다 집을 옮겨 가며 사는 이들에게 무겁고 부피가 나가는 책은, 게다가 그 책을 수납하기 위해 필수불가결한 책장은 이사할 때마다 어마어마한 부담이다. 부자들은 돈이 생기면 불패의 부동산에 투자하거나 명품들을 사느라 바쁘고 가난한 사람들은 책을 사도 둘 공간이 없어서 책 사기를 망설인다. 책은 여기에서도 저기에서도 팔리지도 읽히지도 않고, 관심에서 멀어지면서 책을 읽는 법을 배우지 못한 사람들은 날이 갈수록 책 앞에서 어쩔 줄 모르고 방황한다. 책을 읽지 않는 국민이라고, 정신문화가 척박한 천민 자본주의 세상이라는 한탄에는 어쩐지 선민의식이 섞여 있는 것 같아 불만이다. 책을 두는 공간마저 아껴야 하는 삶의 기반 자체에 대한 이해와 관심이 없는 것은 아닐까.

내가 아는 한 편집자는 결혼하면서 신혼집을 구하는 조건 세 가지를 남편에게 제시했다고 한다. 시장, 도서관, 공원이 근처에 있을 것. 어이를 상실한 남편이 할 말이 없어 웃기만 했다는 이야기도 들었다. 정해진 예산이 있을 것이고 고려해야 할 것도 많았을 텐데, 도무지 생활적으로 도움이 되지 않는 조건들이다. 권여선의 소설 「이모」에는 오십 세에 하던 일을 그만두고 잠

적한 이모가 암에 걸려 죽을 때까지 매일 고요히 도서관에 출퇴근하며 책을 읽었다는 이야기가 나온다. "하고 싶지 않습니다만"을 외치며 문서를 작성하고 남의 글을 쓰는 데 골몰했던 필경사바틀비 같은, 책을 생각하면 자꾸 그런 이미지만 떠오른다. 상업적 가치를 포기하고, 남들이 부추기는 생활의 윤택 같은 것 보기를 돌같이 하며, 어쩐지 은밀한 왕따가 되어 자신의 삶을 밀고 나가는. 그런 은둔자의 이미지가 마뜩치 않으면서도 그게 부러운것도 어쩔 수 없다. 햇빛이 잘 드는지, 나중에 집값이 오를 건지, 지하철 역이 가까운지를 따지기보다 좋은 공원과 좋은 도서관이있는지를 따지는 취향. 돈을 벌기보다 소비를 줄이는 삶을 택해매일 도서관에 가서 그 전날 읽던 책을 이어 읽는 일을 반복하는삶. 누구에게든 "하고 싶지 않습니다만"이라고 조용히 답해 준뒤 고개를 돌려 하던 일을 계속하는 무심한 지속이 가능한 삶. 그들이 괜히 거북한 별난 사람이 아니었으면 좋겠다. 나도 유쾌하고 활달하게 "하고 싶지 않습니다만" 하고 거리낌 없이 말할 수있는 사람이면 좋겠다. 책이 그런 배짱을 만들어 준다고 말할 수있으면 좋겠다.

　도서관, 시장, 공원을 조건으로 내건 그 편집자를 따르자면 망원동에는 도서관도 있고 시장도 있고 공원도 있다. 거기 있다고문제가 해결되는 것은 아니다. 존재보다 존재감이 중요하다. 도서관은 대체로 책이 부족하고 책을 읽을 공간에 대한 배려가 부족하며 책으로 가능한 일에 대한 상상력이 부족하다. 그리고 동네서점이 있다. 집 앞에 있는 작은 서점은 그야말로 작은 서점이다. 들여놓을 수 있는 책은 한정되어 있고 익숙하게 알고 있는 제목의 책들은 대개 없다. 세계문학전집도 방송에 나오는 베스트셀러도 없다. 그런데 이상하게도 이 들도 보도 못한 책들의 작은 꾸러미가 거기 있는지 몰랐던 언더그라운드로 통하는 통로를 만든다.

얼마 전에는 걸어서 십 분 거리에 교보문고 분점이 생겼다. 아니 우리 동네에도 교보문고가, 하고 신나서 찾아간 날에 나는 책은 안 사고 평소라면 거들떠 보지도 않았을 귀걸이를 사고 새로 나온 문구와 스피커만 실컷 구경하다 나왔다. 포우(E. A. Poe)의 소설 「잃어버린 편지」에서 탐정 뒤팽은 지명찾기 게임에 대해 설명한다. 지도에서 나라나 지역의 이름을 지명하고 그 이름을 먼저 찾는 사람이 이기는 게임이다. 게임에서 이기려면 흔히 생각하듯 귀퉁이에 작게 새겨진 이름이 아니라 대륙과 대륙 사이에 걸쳐진 커다란 지명을 선택해야 한다는 것이다. 너무 거대하게 펼쳐진 세계는 정작 눈에 잡히지 않는다. 지상의 모든 책을 모아 둔 대형 서점의 서가는 정작 내 눈길을 끌지 못한다. 더군다나 그것이 이름만 대면 알 만한 책들로만, 이미 온갖 정보들로 미리 구축

된 세계를 재현하고 있을 뿐이라면야.

　대형 서점이 필요없다는 것은 아니다. 그런데 이미 대형 서점은 충분히 많은데도 자꾸만 복제되어 증식하고 있다. 호기심을 자극하고 다른 세계를 상상할 작은 것들이 더 넘쳐났으면 좋겠다. 골목 귀퉁이의 작은 서점이 오래오래 버텨서 살아남았으면 좋겠다. 교보문고와 알라딘의 베스트셀러 목록보다 동네 서점의 처음 보는 책들이, 길 건너 한강문고의 '청년을 위한 책'이나 '여름밤의 추리소설' 같은 목록이 나는 더 좋다. 예상 못한 언더그라운드가, 보이지 않아도 어딘가 무엇이 존재한다는 것을 자꾸만 깨우쳐 주는 맨홀처럼, 존재감을 발하는 동네서점들도 더 많이 생겨서, 주야장천 잘 먹고 잘 살았으면 좋겠다. 보이는 세계 안쪽의 지층에서 원룸의 구석에 작은 책장을 놓고 이상한 목록을 구성하는 인류가 살고 있으리라 믿는다. "저는 이렇게 하고 싶습니다만" 하고 답하며 고개를 돌려 조용히 책을 읽는.

실어증의 두 가지 유형

"시적 기능은 선택의 축에서 결합의 축으로 등가의 원리를 투사한다." 로만 야콥슨(Roman Jakobson)은 일평생 시의 언어적 특성에 골몰했고 마침내 그 결과를 인구에 회자되는 하나의 명제로 정리했다. 무슨 말인지 도통 알 수는 없지만. 유럽 구조주의 언어학의 아버지로 불리는 로만 야콥슨은 열 개의 언어에 능통했던 천재 언어학자로, 언어에 관한 거의 모든 분야에서 방대한 업적을 남겼으며 이후의 언어학자, 문학자 들에게 엄청난 영향을 끼쳤다.

구조주의의 매력은 무지막지한 체계성과 냉정한 비인간주의에 있다. 구조주의는 사물과 인간과 세상의 모든 것을 체계적이고 논리적으로 설명하려는 욕망의 완결판이라 할 수 있는데, 이를테면 구조주의는 세계의 모든 원리를 개별 요소와 그 결합의 전체적 구조로 설명한다. 자동차를 알려면 자동차를 이루는 요소들, 엔진과 바퀴 또는 핸들과 와이퍼 등등의 개별적 요소들과 그것들이 서로 연결되면서 관계 맺는 체계를 이해하면 된다. 개별적 요소로 분할되고 그것이 다시 전체로 결합되는 과정에서 자동차의 존재는 파악된다. 최대한 신중하고 세밀하게 세부의 요소들과 그것들의 관계로 이루어진 총합을 밝혀 낸다면, 그리고 그것들끼리 이루어진 관계의 법칙을 추적한다면 세상에서 이해하지 못할 것은 없다.

그러므로 거기에 신의 뜻이나 인간의 마음 같은 부분과 전체의 법칙에 포함될 수 없는 잉여가 남겨질 이유가 없다. 자동차에 영혼이 없듯이 시에도 영감은 없다. 오로지 시로 사용되는 언어의 기능이 있을 뿐이다. 세부의 정밀함과 전체의 포괄, 그리고 그것을 통합하는 법칙성을 찾아내고 그것을 세상의 모든 영역에 적용시켜 이해를 확장시켜 나간다면 비밀도 신비도 없이 세상을 파악할 수 있다니 얼마나 매력적인가. 냉정하고 객관적으로, 감정에 흔들리거나 권력에 왜곡되는 일 없이 관계와 법칙을 통해 세계를 설명하려는 인문학자의 외길 인생! 그러니 "선택의 축에서 결합의 축으로 등가의 원리를 투사"한다는 도무지 인간적인 데라고는 눈곱만큼도 찾아볼 수 없는 명제로 비정하고 난해하게 시를 정의할 수 있었겠지. 야콥슨 식으로 하자면 '선택의 축'과 '결합의 축'을 이해하고 '등가의 원리'를 투사하는 법칙을 알면 시의 존재를 남김없이 알 수 있을 것 같지만 어리석은 중생들은 아무리 읽어도 이해되지 않는 시를 어려워하며 시가 어느 날 내게로 오기만을 기다린다.

학생들에게 종종 시를 가르치면서도, 이놈의 '선택의 축'과 '결합의 축'이 늘 헷갈렸는데, 어느 날 슬픈 선물처럼 느닷없이 이 개념을 이해하는 혜안을 얻게 되었다. 나이가 들면 자주 단어가 잘 생각나지 않아서 의사소통에 곤란을 겪는다. 단어 중에서도 명사, 특히 고유명사가 잘 생각나지 않는다. 분명히 아는 단어인데 그 단어의 정확한 음소, 기호가 생각나지 않는 것이다.

예를 들어 "나는 망원동에 살고, 그는 합정동에 살지"라고 말하고 싶은데 '합정동'이라는 단어가 생각나지 않는다. 합정동은 망원동 바로 옆에 있고 지하철 2호선을 타기 위해서는 합정동까지 가야 하며 그가 살고 있는 곳이 합정동 어디쯤인지도 알고 있는데 빌어먹을 합정동이라는 단어가 생각나지 않는 것이다. 한참을 더듬거리다가 결국은 "나는 망원동에 살고, 그는 저기, (······잠시 침묵, 당황) 거기 살잖아" 하고 얼버무리고 만다.

야콥슨에 의하면 이는 실어증의 두 가지 유형 중 유사성 장애에 해당한다. '선택의 축'이 망가져 가고 있는 것이다. 개념적으로는 이해해도 도무지 체감하지 못했던 야콥슨의 개념을 한 방에 깔끔하게 깨달았지만 별로 기쁘지 않다. 나이 들어가며 얻는 지혜라기엔 좀 슬프다.

좀 지루하긴 하지만 예의 그 '선택의 축'과 '결합의 축' 이야기를 좀 더 해 보자. 구조주의 언어학에서 언어의 원리란 예컨대 시의 언어나 광고의 언어처럼 개별적이고 특수한 영역에서만 적용되는 것은 아니다. 체계를 밝히는 것이 구조주의의 목표이므로 개별적이고 특수한 것처럼 보이더라도 그것은 결국 언어의 일반 이론 전체로 수렴된다. 그러므로 '선택의 축'과 '결합의 축'은 일상의 언어 전체에도 변함없이 유효한 법칙이다.

어려운 말은 아니다. 우리는 의사소통을 위해 어떤 말을 할 때 자신의 의사에 가장 적합한 단어를 선택하고 선택한 단어들을 문법이나 맥락에 의거하여 조합한다. '선택'과 '결합'은 언어를 구사하기 위한 필수적인 능력이다. '선택'에 문제가 생길 때, 즉 유사한 여러 단어들 중에 가장 적절한 단어를 선택하는 기능에 이상이 생길 때 이를 '유사성 장애'라 부른다. '결합'에 문제가 생길 때, 즉 단어와 단어를 연결하는 법칙이나 맥락을 정확하게 인지하지 못하여 문장을 완성하지 못할 때 이를 '인접성 장애'라 부른다. '유사성 장애'와 '인접성 장애'는 그래서 실어증의 보편적인 두 유형이 된다.

말을 배울 때도 잃을 때도 우리는 이 두 가지 기능으로부터 그 말의 완성이나 장애를 경험한다. 어린아이가 말을 배울 때 단어를 먼저 배운 다음 그것을 문장으로 완성하는 법을 익히게 된다. 그리고 말을 잃을 때도 마찬가지 아닐까. '선택의 축'이 먼저 무너지고 '결합의 축'이 그다음으로 무너진다. 사고나 질병에 의한 실어증이 아니라 노화에 따른 기능 장애는 '유사성 장애'가 먼저 오고 '인접성 장애'가 뒤에 온다. 나는 「언어의 두 측면과 실어증의 두 가지 유형」을 그렇게 이해했다. 그러니까 나는 보편적이고 경미한 '유사성 장애'를 앓고 있는 중인 셈이다.

또래의 지인들, 친구들끼리 만나면 우리는 우리의 신체에 찾아온 비슷한 장애로 더욱 돈독해지곤 한다. 그리하여 언어의 장애를 넘어서는 거의 초능력에 가까운 인접성의 유추로 결속한다. 이를테면 "저기, 거기 사는 그이가 있잖아, 그랬다는데 글쎄", "진짜야? 그래서 어떻게 됐대" 뭐 이 따위의 어처구니없는, 개떡같이 말해도 찰떡같이 알아듣는 유사성 장애 연대가 결성된다고 해야 할까.

그날도 그런 날 중의 하나였다. 유달리 심한 유사성 장애를 겪고 있는 소설가 모씨를 만났다. 물론 우리는 서로의 유사성 장애에도 불구하고(혹은 그 때문에) 꽤 능숙하게 소통하고 있는 사이라 장시간의 수다를 떠는 데 조금도 불편함이 없다. 무슨 아이돌 그

룹 이야기를 하고 있었는데(모든 수다가 그렇듯이 별 의미는 없다) 2AM
인지 2PM인지를 말해야 할 국면에, 역시나 유사성 장애 때문에
정확한 단어가 생각나지 않아서 나는 'AM인가 FM인가' 하고 말
해 버렸다. 물론 상대는 내가 무슨 말을 하고 싶어 하는지 알아
들었다. 그래도 오류를 바로잡아 주는 것은 필요하다. 잠시 대화
가 멈춘 다음, "근데 2PM 아냐?" 한심하고 허탈하게 둘이 함께
웃었다.

　본의 아닌 언어유희에 한참을 웃고 난 후, 나는 갑자기 심하게
부끄러워졌다. 종종 있는 일이고, 게다가 우리는 동병상련이라
내 오류가 새삼스럽게 부끄러운 일이 아닌데도. 내 장애를 알고
있으면서도, 그리고 내가 하려는 말이 무언가 어색하며, 내가 쓰
고 싶은 말이 그 시점에서 떠오르지 않고 있음을 알면서도 뜬금
없는 말이 흘러나오거나 말거나 내버려 둔 것이다. 상대에게 내
말을 전하려는 마음보다 내가 무언가 하고 싶은 말이 있다는 사
실이 우선했다. 말을 멈추거나, "그 아이돌 그룹 있잖아, 이름이
뭐였지?" 하는 식으로 말하는 편이 좋았을 것이다.

　신체의 노화는 부끄러운 일이 아니다. 정도의 차이는 있지만
인간은 모두 늙는다. 그러나 노화에 따른 장애나 결핍을 노화를
핑계로 방기하는 것은 문제다. 한 끗 차이로 꼰대가 된다. 내 말
을 듣는 사람이 알고 있는 단어의 범위 내에서 내 말이 어떻게 받

아들여져야 하는지에 대한 고려 없이, 비판이나 풍자, 혹은 거부의 목적의식도 없으면서 부정확한 말을 흘려 놓고도 그걸 나이 탓(혹은 나이 덕?)으로 돌린다면, 또는 부정확함에도 불구하고 내가 하는 말이 그간 말을 쓰며 살아온 내 경력으로 말미암아 상쇄되거나 은폐될 거라고 나도 모르게 자신하고 있었다면, 그건 끔찍한 일이다.

나의 경우는 말실수였지만, 실수가 아님에도 불구하고 부정확하고 맥락을 읽지 못하는 말도 많았을 것이다. 인간은 누구나 자기중심적이다. 자신이 살아온 맥락, 자신이 옳다고 여겨 온 원칙들을 중심으로 말하고 행동한다. 그 말의 기능이 예전 같지 않음을 알면서도, 그렇기 때문에 더욱 거침없어지는 이상심리, 꼰대적 말하기는 그런 토양에서 생성된다. 자기 중심성이 강화되면 강화될수록 소통은 점점 불가능해진다. 물리적 나이와 상관없이 자신이 청년이라고 생각하는 것은 자유지만, 의지와 무관하게 우리가 조금씩 정확한 말을 잃어 간다는 사실에 대해 민감해질 필요는 있다. 2PM을 FM이라고 말하는 것은 그냥 창피한 일이지만, 아무도 기대하지 않는 말을 모두가 들어야 할 말이라고 혼자 확신하고, 혹은 확신할 수도 없으면서 늘어놓는다면, 다변이거나 눌변이거나 상관없이 그는 이미 심각한 실어증 환자이다. 물리적 나이가 꼰대의 판단기준이 되는 것은 아니지만, 강하게 인접해 있는 것만은 사실이다. 이미 젊지 않은 지 오래라는 자각은 나도 모르는 사이에 문득 온다. 나는 어느새 꼰대의 경계선 위에 서 있었다.

선택의 축이 삐걱거리고 있지만 결합의 축에 기대를 걸어 볼 여지는 아직 남아 있지 않을까. "낱말의 맥락에 덜 의존할수록 인접성 실어증 환자의 발화에서는 고집만 강해지는 반면, 유사성 장애를 가진 환자는 발화를 일찍 포기한다." 나는 이 문장을 천재 언어학자 야콥슨의 유머라고 생각하고 있다. 인접성조차 잃으면 고집불통 영감탱이가 되는 거야. 유사성 장애의 초기에는 말을 아끼고 더듬고 망설이지만, 인접성 장애에 들어서면 그는 자기가 하려는 말의 진의나 말을 듣는 상대와 상관없이 고집만 강해진다.

유사성 장애의 단계에서는 그래도 아직 기회가 있다. 이미 선택의 축이 무너지고 있을 때, 결합의 축이라도 지키려고 애를 쓰는 미덕이 필요하다. 인접성이 마지막 보루라는 결연한 의지로. 고집만 센 꼰대가 되는 것보다는 차라리 입을 닫는 것이 낫다. 선명하고 날카롭고 적확한 단어를 선택할 수 없더라도 애매하고 희미한 단어들의 사이를 신중하게 더듬는, 애매하고 희미하므로 더욱 주의 깊게 결합의 맥락을 살피는 문체를 가질 수 있을까. 우유부단하지만 비겁하지는 않게, 확신할 수 없으므로 맥락의 주변을 더욱 풍부하게 확보하는 그런 문장을 가질 수 있었으면 좋겠다. 상대에 따라 다르게 형성되어야 할 맥락, 그럼에도 불구하고 진실로 전달되어야 할 문장들을 놓치지 않는 지혜에 대해 야콥슨이 무슨 말을 했는지는 모르겠다. 이 냉정한 인문학자는 그건 그냥 기억력 감퇴와 전두엽 퇴화의 징후일 뿐이라고 딱 잘라 말했을지도. 꼰대가 되지 않는 것이 인생의 목표가 될 줄은 몰랐다. 바라는 것이 없어 이룬 것도 별로 없는 인생이지만 이 목표만은 가능한 한 늦게까지 지키고 싶다.

명절
디아스포라

    명절에 본가에 가지 않은 지 한참 되었다. 사연 있는 불화로 가족과 연을 끊은 것은 물론 아니고, 본가에 아예 가지 않는 것도 아니다. 부모님 생신이나 다른 일이 있을 때, 자주는 아니지만 일 년에 두세 차례 본가에 간다. 다만 명절에는 가지 않는다. 서울로 거주지를 옮긴 이후에는 명절에 움직이기 힘들다는 것이 핑계 아닌 핑계가 되었지만, 물론 그 때문만도 아니다.

    아버지는 칠 남매 중 장남이다. 아버지 위로 고모가 한 분 계시고 아래로 삼촌이 셋, 고모가 둘이다. 지금이야 많이 줄었지만 한때는 기제사 여덟 번에 명절 차례 두 번을 포함, 제사상 차리고 치우는 일이 일 년에 열 번이었다 한다. 맏며느리인 엄마는 수십 년 동안 그 제사를 차리고 치우기를 계속해 왔다. 할아버지는 일찍 돌아가셨고 할머니는 꽤 장수하셨는데, 할머니가 살아 계실 때까지 엄마는 명절 때마다 전날부터 시골 할머니댁에 가서 차례 준비를 했고 우리는 아버지와 함께 당일 아침에 일찍 가서 차례를 지냈다.

어릴 때도 명절에 모이는 가족들이 그리 달가웠던 것은 아니다. 일 년에 한두 번 만나는 친척들이 반갑다기보다는 어색했고, 무엇보다 엄마에게 집중되는 노동이 철들면서부터는 불편했다. 차례상을 앞에 두고 줄지어 절을 하는 남자들과 주변에서 얼쩡거리는 여자들의 구분이 명절 때는 유독 도드라진다. 굳이 거기 끼어서 절을 하고 싶지는 않았지만, 명절 때만큼 남자와 여자, 혹은 아들과 딸, 또는 아들과 며느리의 구분이 그토록 비논리적이면서도 확연하게, 부당하게 느껴지는 때가 없다.

할머니가 돌아가시고 우리 집에서 차례를 지내면서부터 불편함은 더해 갔다. 명절 아침부터, 아니 그 전날부터 엄마를 필두로 한 우리 집은(아니, 사실은 엄마만) 북새통이다. 집 안을 청소하고 명절 음식을 준비하고, 아침에 친척들이 몰려들기 전에 차례상을 준비해야 한다. 물론 그 업무의 대부분은 엄마의 몫이다. 명절 전부터 장을 보고 집 안을 대청소하고 차례상을 차리고 뒷정리까지 하고 나면 대개 몸살이 난다. 명절에 발길을 끊기 이전에는 내가 음식 준비를 돕기는 했지만 그렇게 큰 도움이 안 된다는 것은

엄마가
더
늙
기
전에
명절날

엄마와
함
께
여행을
가고
싶다

나도 안다. 아버지나 동생들도 뭐 가만있는 것은 아니다. 가끔 장보러 갈 때 운전을 해 준다. 수십 년간 아버지의 고유 업무 밤깎기가 있고, 동생들은 무거운 차례상을 꺼내 와서 편다.

집은 좁은데 몰려드는 사람들은 많다 보니 아침 식사는 두 차례에 걸쳐 진행된다. 대체로 여자들이 식사 준비를 하면 남자들이 먼저 아침상을 차지하고 밥을 먹는다. 누가 먼저 먹으면 어떠랴, 집은 좁고 사람은 많고 분주한 명절이니 형편대로 하면 되는 것일 테니. 내가 남자들 밥상에 끼어 앉아 밥을 먹는다고 해서 뭐라 하는 사람도 없지만 그저 엄마와 함께 먹는 편이 편하기 때문에 나는 두 번째 상에 앉아 아침을 먹을 뿐이다.

물론 누군가 물린 상에 앉아 밥을 먹는 것이 유쾌하지는 않다. 고봉으로 퍼 둔 차례상의 밥그릇을 그대로 옮기기 때문에 밥그릇의 밥은 서로 덜어 먹느라 이미 헐려 있고, 반찬들도 깔끔한 새 접시는 아니다. 그런 것은 다 괜찮다. 문제는 남자들의 태도이다. 아버지부터 삼촌, 그리고 사촌들에 내 남동생들까지 누구라 할 것 없이 아직 밥도 못 먹고 계속 분주하기만 한 뒷사람들은 아랑곳없이 느긋하게 담소를 나누며 오랜만에 모인 형제들, 친척들끼리의 화목을 만끽한다. 밥상을 다시 차리고 차례상에 오른 음식들을 접시에 담고 물이니 과일이니 시중을 들고 있는 다른 가족들은 그들 눈에 보이지 않는 것일까. 어쩌면 명절만 되면 우리 집의 남자들은 저렇게 하나같이 몰인정하고 극단적으로 이기적일 수 있을까. 그들의 아내가, 엄마가, 큰엄마가, 작은엄마가, 누이가 아직 식전인 채로 이 방 저 방 분주하기만 한데도 그것이 전혀 마음에 걸리지 않는 것처럼 평소보다 더 길고 여유롭게 식사와 한담을 나누는 꼴이 점점 더 견디기 힘들어졌다.

조상님들이 정말 계시다면 뒤통수라도 후려갈겨 주시면 좋겠지만. 시어머니 조상이나 시할머니 조상은 다복하게 모여 알차게도 밥을 먹는 아들 손자가 흐뭇해서 흘흘 웃고 계실 공산이 크다. 수십 년 우리 엄마가 차려준 제사상을 받아먹었으면 인간적으로(아니 귀신적으로) 그러면 안 되는 것 아닌가. 모처럼 가족끼리 나누는 반가움과 정다움은, 으레 명절이면 연출되는 화목은, 결과적으로 가족 구성원 누군가의 과도한 노동을 강요한다. 명절의 화목이 가족 누군가의 존재를 배제하고, 때때로 항의조차 할 수 없는 교묘한 구조로 배제된 자들을 모욕한다면, 이런 명절이라면 없는 것이 낫다.

우리 집의 남자들이 특별히 괴팍하거나 권위적인 편은 아니라고 생각한다. 자랄 때 딸이라고 차별을 받았다거나 하는 세대도 아니다. 아버지는 늘 그렇지는 않았지만, 대체로 자상한 편이었고 잔정이 많은 사람이었다. 이미 출가한 두 동생들도 원만하게 가정생활을 꾸려 가는 걸 보면 대한민국 평균에서 벗어날 만큼 권위적이거나 보수적이지는 않은 것 같다. 명절 때마다 여기 저기서 들려오는 막장 스토리에 비하면 우리 집의 사례는 그다지 심한 편도 아닌 것 같다. 가족들이 평하는 것처럼 내가 성질이 더러운 탓인지도 모르겠다.

그러나 평소에 보이지 않던 것들이 명절만 되면 너무나 명백하게 보인다. 명절만 되면 그들은 깨알같이, 빈틈없이 가부장적이다. 굳이 숨기려고 하지도 않고 부끄러워하지도 않는다. 불만을 표하고 모순을 지적해도 명절에 큰소리 내지 말라고 오히려 큰소리다. 명절은 확실히 남자들의 해방구이다. 눈치 보며 숨겨왔던 그들의 일방적 이기심과 권위에 대한 향수를, 일 년에 한두 번씩 서슴없이 발산하고 그것으로 일 년을 살아 갈 에너지를 얻는 것이 아닐까 의심될 정도이다. 아마도 엄마가 몸져눕거나, 집 안이 풍비박산 날 만한 사건사고가 발생하지 않는 한 개선은 어려워 보인다. 아버지가 도무지 상황을 개선할 개전의 정을 보이지 않는데다가, 수많은 친척들을 설득하는 과정을 거치는 일도 쉽지 않아 보인다. 도무지 명절을 견딜 재간이 없을뿐더러, 굳이 그럴 이유가 없다고 생각하며 나는 혼자서 명절 러시를 빠져나왔다.

일찌감치 매진이 되어 버리는 기차표를 구하는 대신 나는 혼자 사는 내 집에 남는다. 마음이 내킬 때면 시장에서 파는 동태전이나 호박전을 사고 나물을 사서 명절날 밥상을 혼자 차리기도 한다. 형편이 될 때는 기차표 대신 비행기표를 끊고 호텔을 예약한다. 호텔에서 혼자 조식을 먹는 아침이 북새통이 된 명절날 아침의 차례를 보는 것보다 백배 행복하다. 혼자 떡국을 끓여 먹으며 다가오는 새해를 환영하고, 나물비빔밥을 만들면서 남은 해의 건투를 다짐하는 것도 나름 의미 있다.

사랑하는 방법이 사람마다 다르듯이, 가족이 되는 방법도 사람마다 다르다고 생각한다. 명절이 되면 일제히 교통지옥과 택배전쟁에 합류하고, 그리하여 가족의 화목을 과시하며 그렇지 못한 가족들의 소외를 모른 체하는 폭주에 동참하지 않는다고 해서 가족이 아닌 것도 가족이 없는 것도 아니다. 가족을 사랑하지 않는다고도 생각하지 않는다. 누구나 완벽하지 않고, 언제나 배려로 충만하여 살지는 못한다. 그러나 부족하고 모자란 한 존재를 이해하는 일과 눈앞에서 벌어지는 불편하고 부당한 일을 참고 견디며 방관하는 것은 다른 문제다. 남쪽 어딘가에서 여전히 이부제로 아침을 먹으며 윗대부터 차례로 조상들에게 절을 하는 그 가족성으로부터 빠져나와 나는 일인 가족의 주체성과 자립성을 지키기로 했다. 나 역시 관습으로부터 멀지는 않아 때때로 쓸쓸해지곤 하는 명절 아침의 고요를 통해 내 방식으로 가족을 생각한다.

재작년 추석에는 파리에 있었다. 난생처음 밟아 보는 유럽 땅이었다. 열 시간의 비행 끝에 드골 공항에 내릴 때까지, 러시아워를 뚫고 도착한 파리의 오페라 역에서 내내 가슴이 두근거렸다. 충분히 나이 들어서 가는 첫 유럽 여행이라 숙소만큼은 조금 사치를 부리고 싶었다. 센강이 바로 보이는 숙소에 묵으면서 매일 아침 퐁네프 다리를 건너 시테섬(île de la Cité)을 산책했다. 관광지 패스를 구입해 갔으므로 시테섬의 노트르담(Notre Dame) 사원과 생트 샤펠(St. Chapelle) 성당은 매일 아침 관광을 시작하는 장소가 되었다. 노트르담은 줄이 너무 길어서 단 한 번밖에 들어갈 수 없었지만, 생트 샤펠 성당은 매일 출입이 가능했다.

일 층에서는 평민들이 예배를 드렸고, 이 층에서는 귀족들과 성직자들만 예배를 드릴 수 있었다고 한다. 나선 계단을 따라 이 층에 들어서자마자 찬란하고 황홀한 빛의 향연을 만난다. 축복이나 은총, 충만 같은 종교성 멘트들이 물질적인 형상을 입는다면 그런 것이 아닐까 싶을 만큼 아름답고 벅차다. 색색의 유리로 벽면을 가득 채운 스테인드 글라스는 내 부족한 견문으로도 신이라는 존재가 있어 아직 행복하지 못한 인간들에게 무언가 아름다운 것을 넘치도록 보여 주기 위해 만들어진 것 같았다. 내가 살고 있는 이 세계가 아직은 그래도 아름답고 빛나는 것들을 보고 만지며 살아갈 수 있는 곳이었음을, 나는 잠깐 깊이 믿으며 감사했다. 물론 신의 뜻일지도 모르는 저 찬란한 아름다움은 수천 수만 조각의 유리를 잇고 붙였던 수많은 인간의 노동에 의해 이루어졌고, 그리하여 이제야 유럽에 도착한 나에게도 전해진 것이겠지만. 부디 그들이 그 노동을 통과한 빛의 아름다움을 느낄 수 있었기를, 그리고 그 아름다움으로 잠깐이라도 행복하게 보상받을 수 있었기를.

추석날 아침에도 나는 호텔에서 조식을 먹고 노트르담 광장을 한 바퀴 돌고, 그리고 생트 샤펠의 빛 속에 한참을 서 있었다. 명절마다 붐비는 공항에서 조상도 모르는 배은망덕하고 버릇없는 후손들을 욕하지 말라. 멀리, 아주 멀리 떠나지 않는다면 명절의 그 야단법석과 치사한 가족주의로부터 달아날 수가 없다. 생트 샤펠의 빛무더기와 센강변에서 와인병을 따는 외국인들 사이에서 나는 비로소 혼자 있을 수 있었다.

가능할지 모르겠지만 언젠가 엄마가 더 늙기 전에 명절날 엄마와 함께 여행을 가고 싶다. 일제히 가족으로 수렴되는 명절의 가족성으로부터 함께 빠져나와 수십 년 반복된 명절 지내기의 다른 패턴을 만들 수 있을까. 명절 장날 생선을 고르는 대신 캐리어를 끌고 보안 검색대를 통과하는 설렘을, 홍동백서 조율이시 따위를 읊조리며 차례상을 차리는 대신 여유 있게 조식 뷔페에서 오믈렛을 먹는 기쁨을 함께 누리고 싶다. 남자들이 차례상을 인터넷으로 주문하고 술을 따르고 밥을 먹으면서 설거지를 산같이 쌓아 두거나 말거나. 그들이 생각하는 조상에 대한 도리와 가족의 화목이 얼마나 오랫동안 엄마의 노동에 의존해 왔는지 깨닫거나 말거나.

펄럭이는
태극기
골목

이사 오고 얼마 되지 않았던 어느 가을이었다. 갑자기 골목골목에 태극기가 펄럭이기 시작했다. 빌라가 많은 주택가에서, 집집마다 태극기가 펄럭이는 광경은 기묘했다. 압제에서 해방된 민족이 되어 일제히 뛰어나가기라도 해야 하나 싶은 한편으로, 때 아닌 올림픽이라도 열리는 주경기장 주변 같은 분위기이기도 했다. 자세히 보니 집 현관마다 국기대가 너무나 견고하고 튼튼하게 새로 부착되어 있었고, 태극기 역시 금방 인쇄소에서 나온 듯 태극 무늬가 선명했다.

무정부주의자도 아니고 한국인인 것이 부끄럽거나 진저리 나게 싫은 것도 아니었지만 골목마다 펄럭이는 태극기를 보는 기분은 좀 그랬다. 국기나 국화 같은 상징물이 외국과 내국을 구분

해 주고 대한민국이라는 행정적 테두리 안에 귀속된 국민들의 정체성을 표상해 주는 것이기는 하지만, 그리고 그러한 귀속성과 정체성의 일체감을 현실화시켜 주는 것이기도 하지만, 그렇다고 그 상징물이 시도 때도 없이 강조되고 강요되어도 괜찮은 것은 아니다. 나라는 인간은 다양한 정체성의 복합체이고 국민이라는 정체성 역시 그중 하나이다. 그 정체성 내부의 여러 분할과 접합이 충돌하지 않고 납득될 수 있는 범위 내에서 내 개인의 삶의 반경과 행동 방식이 정해지기도 할 터이다. 구체적인 생활의 기반과 규율이 국가라는 범위에서 한정되는 경우가 많으므로 국민이라는 정체성이 나의 삶을 결정하는 데 매우 중요한 역할을 하기는 하겠지만, 그렇다고 해서 집집마다 강제로 태극기를 펄럭이게 해도 될 만큼 일방적으로 우위에 있어야 할까. 무엇보다 나의 의사와 무관하게 내가 사는 집을 태극기가 장식하고 골목 전체의 경관을 태극기가 장악하는 것은 아무리 생각해도 폭력적이다.

아니나 다를까 내가 사는 집의 건물에도 태극기는 씩씩하고 굳건하게 펄럭이고 있었다. 태극기가 애국의 상징도 아닐뿐더러 설사 그렇다고 해도 내 의사와 무관하게 내 집 앞에서 태극기라는 형식으로 애국이 강제로 표현되는 것도 싫다. 사소한 싸움이 시작되었다. 귀갓길에 집 앞에서 펄럭이는 태극기를 떼 내기 시작했다. 태극기를 함부로 다루면 안 된다는 교육을 어려서부터 받았으므로, 그걸 뿌리칠 정도로 용감하지는 못하여(게다가 태극기는 잘못한 게 없으니), 조심스럽게 말아서 비바람으로부터 안전한 건물 안의 공용 공간 구석에 얌전히 세워 두었다. 그런데 다음 날 아침이면 어김없이 태극기가 펄럭이는 것이었다. 그러면 나는 다시 떼어 내고, 다음 날 아침 다시 펄럭이고. 도대체 어디에서 이 일을 하는지는 모르겠지만, 왜 이다지도 부지런하고 집요한 것인가. 빌라 대표 격인 이웃에게 문자를 보냈다. "태극기 문앞에 걸려 있는 거 괜찮으세요? 저는 불편한데요. 괜찮으시면 함부로 걸지 말라고 벽보를 붙이든가 민원이라도 넣어 보고 싶은데요." 이웃은 주민센터에 문의해 보겠다고 했고, 그 이후 우리 집에는 태극기가 걸리지 않았다. 물론 주변 골목과 이웃집들에는 변함없이 태극기가 펄럭였다. 어쨌거나 그렇게 열심히 태극기를 펄럭이게 했던 주체가 정부나 행정기관이 아니라는 것은 확실해졌다.

작년 광복절 즈음에 나는 거의 일 년 가까이 동네에 펄럭였던 태극기의 정체를 알았다. 어느 집의 태극기 밑에 붙여진 광고지를 통해서였다. 태극기와 무궁화를 사랑하는 단체라는데 태극기 달기, 무궁화 가꾸기 같은 운동을 하고 있다는 것이다. 후원자들의 후원금으로 운영된다며 광고지에는 후원계좌도 적혀 있었다.

"국경일에는 꼭 태극기를 계양하고 항상 태극기 배지를 달고 다니며 대한민국의 국민임을 자랑합시다."

의문과 분통이 꼬리를 물었다. 골목마다 빼곡한 빌라와 상가에 낮이나 밤이나 국기대와 태극기를 붙여 대는 저 노동력은 순전히 자발적으로 지속되는 것일까. 인건비는 그렇다 치고 집집마다 붙이는 국기대와 국기의 비용은 어떻게 충당하는 것일까. 그걸 다 충당할 수 있을 만큼 후원자가 많다는 것일까. 어쨌거나 주민들의 의사와 상관없이 동네 경관을 헤치고 있고 엄밀히 말하면 사유재산 훼손인데 왜 주민센터나 행정기관에서는 저걸 허용해 주는 것일까. 무엇보다, 태극기를 계양하고 태극기 배지를 달면 대한민국의 국민임을 자랑할 수 있다는 발상은 어디에서 나오는 것이며, 본인들이 그렇게 생각한다고 해도 그걸 태극기를 다는 방식으로 계도할 자격이 있다고 그들은 생각하는 것일까.

상징물일 뿐인 태극기를 내거는 것으로 애국심이 보증된다고 생각할수록 애국심은 점점 거북한 말이 되어 간다. 태극기야 죄가 없지만 이래서야 태극기에 대한 감정이 좋을 수 없다. 군사정치가 종식된 지 삼십 년이 다 되어 가지만 여전히 우리 사회의 기반에는 군사문화가 자리 잡고 있다. 태극기가 우주의 진리를 담고 있거나 말거나 무슨 행사 때마다 일제히 태극기를 바라보며 경례를 하고 그것도 엄숙하고 경건하게 우러러보아야 한다면,

그런 상징 같은 걸 갖고 싶어질 리 없다. 시대에 따라 국기에 대한 맹세의 문구가 바뀌었다고 하지만 그래도 여전히 국기는 충성의 대상이다. "자유롭고 정의로운 대한민국의 무궁한 영광을 위하여 충성을 다할 것을 굳게 다짐합니다."(이전의 "조국과 민족의 무궁한 영광을 위해 몸과 마음을 바쳐 충성을 다할 것을 굳게 다짐합니다"에서 수정되었다.) 자유롭고 정의로운 대한민국은 국민의 충성이 아니라 개인들의 개별적 삶이 어떻게 자유롭고 정의로울 수 있는지에 대한 구체적 실감을 통해 만들어지는 것이 아닌가.

애국가도 그렇다. 국가공동체가 지향해야 할 가치나 구성원들의 삶을 표현하고 상징하는 말 대신 오로지 충성을 다하겠다는 다짐뿐이다. 국기도 국가도 온통 충성충성이다. 충성을 다해야 하는 대상으로 국가의 상징물이 그려지는 한, 국기를 다는 것으로 공동체의 가치를 지키고 있다는 착각은 변하지 않는다. 기득권층이나 고위 행정직 정치가들을 국가의 대리물로 치환하고 그들의 이익에 맹목적으로 '충성'을 다하는 우민들은 그렇게 만들어졌으며 그들은 무기처럼 함부로 태극기를 휘둘러 왔다.

그런 태극기는 TV 뉴스 화면이나 보혁 충돌의 시위현장에서 보는 것으로 충분하다. 집 앞에서, 아침부터 밤까지 태극기를 보고 싶지 않다. 집집마다 밤낮없이 펄럭이다 보니 태극기는 상징이라기보다 일종의 풍경이나 패션이 되어 버렸다. 그것도 천편

일률적으로 개성 없는 촌스러운 패션. 이 촌스러운 패션을 물리치고 동네의 풍경을 되찾아야 한다. 좀 더 적극적인 민원과 항의를 주민센터나 사이버 신문고 같은 데 올려야 하는 걸까. 집 앞에 대자보라도 붙여야 하나. 대단한 동네에 사는 것도 아닌데, 일류 건축가의 작품을 유치하자는 것도 아닌데, 그저 일상을 방해하지 않을 정도의 풍경이라도 갖고 살고 싶다는 소박한 꿈은 왜 이다지도 이루기가 어려운 것인가.

하수구가
막혔다

계속 싱크대 배수구가 심상찮더니 결국 막히고 말았다. 처음에는 싱크대 배수구 물빠짐이 시원치 않았다. 설거지를 하고 물을 부으면 물이 한 번에 빠져 주어야 하는데 내려가는 속도가 느리다. 물을 많이 틀거나 냄비 같은 것을 씻고 한꺼번에 물을 부으면 싱크대에 물이 가득 찬다. 그럴 때는 한참을 기다렸다 물이 좀 빠지고 나면 다시 천천히 물을 내려 주어야 한다. 고쳐야 하는데 하면서 차일피일하다가 어느 날은 마음먹고 자가 처방을 내려 보기로 했다. 인터넷의 살림꾼들이 알려 준 대로 베이킹 소다와 식초를 콸콸 붓고 뜨거운 물을 끓여 부었다. 배수구 뚜껑을 닫고 하룻밤을 그대로 두면 된다고 한다. 시키는 대로 하고 하루를 기다렸다 다시 물을 틀어 보았다. 여전히 내려가는 속도가 시원찮기는 하지만 그래도 좀 나아진 것 같기도 했는데, 갑자기 물이 쑥 내려가는 것이 어째 뒷덜미가 쌔했다. 그날 우리 집 하수구에 살고 있는 액체괴물을 만났다.

싱크대와 주방 바닥이 맞붙은 곳으로부터, 스멀스멀 하수가 새어 나오기 시작하더니 순식간에 주방 바닥이 물바다가 되었다. 처음에는 갑자기 이 물이 어디서 새어 나온 건가 싶어 어리둥절했다. 그도 그럴 것이 콘크리트 위에 바닥재가 덮여 있을 주방 바닥으로부터 물이 끝없이 밀려 나오는데 영문을 알 수가 있나. 싱크대에는 원래 짧은 다리가 달려 있어서 바닥으로부터 떠 있다. 바닥이 들여다보이면 보기 흉하니 바닥과 싱크대 사이의 틈에 싱크대와 같은 색깔의 판자로 막는다. 판자로 막혀 있다 하더라도 못을 치거나 본드를 바른 것은 아니니 거기서부터 물이 새어 나오고 있는 것이었다. 틈의 사이즈에 딱 맞추어 끼워 놓은 판자를 각도를 조절해서 빼 내고 보니, 싱크대로부터 나온 배수관이 바닥으로 들어가는 구멍에서부터 물이 역류한 것이었다. 하수는 여전히 바닥을 따라 스멀스멀 자기 자리를 넓혀 가고 있고 풍겨 나오는 악취는 존재감 갑이었다. 담기는 용기나 닿는 바닥 형태에 따라 몸을 바꿀 수 있는 액체괴물처럼 흘러나오는 하수는 스멀스멀 꿀렁꿀렁 순식간에 집 안을 장악했다. 기껏해야 그릇 몇 개와 냄비 하나를 씻었을 뿐인데 어디에 그렇게 많은 물이

고여 있었던 것인지, 정말이지 심술궂고 비위 좋은 괴물이라도 한 마리 배수구 안에 살고 있었던 것은 아닌가 싶었다. 깔끔하고 위생적인 도시생활을 비웃듯이 인간들이 버려대는 하수를 먹고 꿈틀꿈틀 몸을 키워 가는 액체괴물, 지하로 통하는 하수구 배관을 따라 크고 작은 액체괴물들이 사는 세계, 하수와 오물만 먹고 자라서 음울하고 굼뜬 성격을 가진 종족들. 오래된 집에 사는 괴물일수록 내공이 커서 가끔 몸을 솟구쳐 지상으로 출몰하는 것이 가능하다. 해치지는 않는다. 생각도 못한 곳에서 튀어나온 흉측한 모습에 기겁을 하는 인간들을 보며 짓궂게 좋아할 뿐. 악취를 풀풀 풍기면서.

동네에 설비집이 그렇게 귀한 줄, 그리고 그들이 그렇게 항상 출장 중인 줄 처음 알았다. 지나치다 본 것 같은데 막상 찾으니 없다. 겨우 찾은 집의 문은 잠겨 있고 출장 중이라는 간판만 덩그렇다. 한 군데 문을 연 곳을 겨우 만났는데 역시 우리 하수구를 뚫어 주실 분은 출장 중. 가게를 지키고 있는 여주인은 일정을 잡으려면 일주일은 기다려야 한다고 한다. 하긴 집집마다 액체괴물이 살고 있을 텐데 설비집이 이렇게 귀하니 그들은 늘 출장 중이겠지.

주인이 권하는 기구를 사 들고 와서 혼자 수습해 보기로 했다. 굵은 철사 같은 것이 오 미터가량 감겨 들어 있는 원통형의 기구다. 플라스틱 원통에서 철사를 빼내서 뾰족한 주둥이를 배수구

쪽으로 밀어 넣는다. 철사가 막힌 곳에 닿았다 싶을 때 원통에 달린 손잡이를 돌린다. 뾰족한 주둥이가 돌아가면서 막힌 곳을 뚫어 줄 때까지. 길고 긴 철사가 달린 수동형 드릴 같은 거라고 생각하면 된다. 그런데 배수관이 내려와 싱크대를 통과하는 지점과 배수구가 있는 지점이 직선으로 연결되어 있지 않다. 배수관이 ㄱ자로 꺾여서 바닥으로 들어가고 있는 것이다. 이러니 막히지. 액체괴물이 중간 지점에 발을 걸치고 살기 딱 좋은 환경이다. 싱크대 바닥에 구멍을 뚫을 때 주방 바닥의 배수구 연결 부분과 직선이 되도록 했으면 좋았을 텐데. (이놈의 집구석!) 바닥에 들러붙어 낑낑거리며 철사를 밀어 넣고 역시 바닥에 붙은 채로 손잡이를 돌렸다. 얼굴이 벌게져서 어쩔 줄 몰라 하는 내 꼴이 보고 싶었는지 액체괴물이 또 기어 올라왔다.

다시 설비집을 찾아 헤맸다. 마침 막 출장에서 돌아온 기사님을 가게 앞에서 만났다. 다행히 오늘 중으로 수리가 가능하다고 하신다. 몇 시간 후 우리 집으로 출장을 오셨다. 고스터 바스터즈처럼 거대한 쇠로 된 기계를 들고. 내가 산 기구의 대형 전동 버전이었다. 콘센트를 연결하고 엄청나게 굵은 쇠줄을 바닥으로 밀어 넣었다. 그러나 배수관의 연결선이 일직선이 아닐뿐더러 배수관이 바닥으로 들어가는 구멍은 손을 밀어 넣을 수 없을 만큼 멀었다. (정말이지, 이놈의 집구석!) 플라스틱 수동 기구는 어떻게

집어넣을 수 있었지만 전동기계를 밀어 넣을 수는 없었다. 집 구조에 난감해 하던 기사님은 결국 전동 드릴을 가져와서 싱크대 바닥에 구멍을 하나 더 뚫었다. 싱크대를 뜯어내지 않는 한 그 방법밖에 없었다. 바닥에 몸을 바짝 붙이고 옆으로 누운 기사님이 한 손으로는 쇠줄을 잡고 다른 한손으로 쇠줄을 밀어 넣었다. 액체괴물 소탕을 위해 정체불명의 전동기계는 몹시 크고 요란하게 울었다. 한참의 사투 끝에 땀을 뻘뻘 흘리며 기사님이 물을 내려 보라고 하셨다.

액체괴물이 세 번째로 출몰했다. 지상이 눈에 익었는지 힘차게 밀려 나오면서 옆으로 누워 바닥에 바짝 붙어 있는 기사님의 팔과 옷을 울컥울컥 적시고 있었다. 몸 둘 바도 눈 둘 바도 몰라 안절부절하고 있는 사이 다시 전동기계는 한참을 울고 또 울었다. 액체괴물이 다시 나타나지 않은 것은 시끄러워서 더 지하 깊숙이 숨어 버렸기 때문일지도 모른다. 액체괴물의 흔적을 온몸에 남긴 채로 기사님은 처음 불렀던 수리비만으로는 안 되겠다고, 기계를 정리하면서 고개를 절레절레 흔들었다. 당연히, 아무불만 없이 지갑에 있는 현금을 털어 드렸다. 어쨌거나 우리 집에 사는 괴물이 저지른 일이니 목욕비와 세탁비 정도는 드리는 것이 집주인의 도리 아니겠는가.

존재감을 제대로 과시했다 싶어 흡족했는지 그 이후 액체괴물은 다시 출몰하지 않고 있다. 아닌 게 아니라 미친 존재감이다. 덕분에 내 발밑으로 먹고 씻고 싸는 생활 전체를 통과하여 엄청난 오수와 하수가 흐르고 있음을 애쓰지 않아도 저절로 상상할 수 있게 되었다. 엉성하기 짝이 없는 배수관과 파이프로 연결된, 색색깔의 액체괴물이 종족을 이루며 살아도 모자람이 없을 만큼 거대한 하수 기지. 그리고 엄청나게 무거운 소탕 기계를 짊어지고 하수를 뒤집어쓰는 것도 무릅쓰며 고스터 바스터즈들이 이 도시 곳곳에서 암약하고 있다는 것도 알게 되었다. 졸지에 호러와 애니메이션의 상상력을 동시에 장착하고 액체괴물과 밀당 중이다. 요원의 가르침에 의하면 가장 위험한 것이 기름이다. 액체로 된 기름을 물에 흘려보내면 굳어서 딱딱한 고체가 된다. 쓰고 남은 소량의 기름이 모이고 모여 배수관 어딘가에 정착하면 언젠가 하수구는 막힌다. 다행히 우리 집 배수관을 통과했다 하더라도 어딘가 모여 굳어서 액체괴물의 서식지가 되고 있을 것이다. 프라이팬에 남은 적은 기름이라도 반드시 닦아내서 따로 버린다. 음식물 찌꺼기는 바로바로 비우고, 배수구 청소도 그때 그때 해 줘야 한다. 액체괴물에게 만만하게 보이면 안 된다. 소탕은 불가능하다. 눈치껏 공존할 수밖에 없다. (눈물겨운 생활의 지혜!)

내 발밑에 액체 괴물이 산다. 가끔 욱하는 성격이긴 하지만 근본이 나쁜 녀석은 아니다.

독신을
위한
아파트는
없다

동네에 유명 브랜드 아파트가 분양을 한다고 해서 모델하우스를 보러 갔다. 한강 조망 대단지 아파트라고, 교통 사통팔달에 고급 자재 사용, 현대식 모델이라고 선전이 자자했다. 새 집을 구경하고 생활동선을 상상하는 일은 실구매와는 상관없이 재미있는 소일거리다. 가진 재산이라고는 지금 살고 있는 빌라 전세금이 전부이지만, 구경하는 데 돈 받는 것도 아니고 뭐 어때 하는 기분이었다. 한강 조망이라니 가질 수 없어도 잠깐 그런 곳에 사는 나를 상상해 보는 거야 누가 말리겠는가. 브랜드 아파트라 하지 않는가. 자재든 구조든 최신 트랜드를 반영하고 있을 터였다.

85제곱미터, 속칭 25평 소형 아파트 대표 평수의 모델하우스에 들어서자 숨이 턱 막혔다. 너무 고급져서, 어떻게든 거기 살고 싶어 안달이 나서 그랬으면 좋겠지만 유감스럽게도 아니다. 집이 너무 좁다. 내부 압력이 높아질 때 자연팽창하는 첨단 고무 소재 아파트가 아니라면 뭘 어떻게 갖다 붙여도 25평이 될 리가 없다. 이건 사기 아닌가. 게다가 그 좁은 공간에 방은 무려 세 개나 들어 있다. 집 전체가 벽과 문으로 가득 차 있는 것만 같다. 각 방은 침대와 책상을 동시에 놓는 것이 불가능할 만큼 좁다. 그나마 조금 큰 안방은 부부욕실과 파우더룸까지 갖춰 넣느라 산산이 조각나 있다. 혼자 사는 사람에게는 아무짝에도 쓸데없는 구조이다. 도플갱어를 두세 명 만들어서 방방마다 숨겨놓고 숨바꼭질이라도 한다면 모를까. 모델 하우스에 비치된 가구는 실생활에 필요한 가구의 반의 반도 안 된다. 그나마 넓어 보이도록 앞뒤 베란다를 이미 확장한 상태로 모델 하우스를 꾸미므로 확장 없이 사는 경우는 그보다 훨씬 더 좁을 것이다.

그런 아파트의 분양가가 무려 오억 몇 천이다. 오억대 아파트라고 선전하지만 베란다를 확장하고 새시를 설치하고 가구라도 몇 개 장만하고 취득세와 이사 비용을 생각하면 육억을 훌쩍 넘어설 것이다. 땅값이 비싸기도 하겠지만, 주차장이니 공용정원이니 엘레베이터니 고급화를 지향한다며 공용공간 비용을 높이고, 집집마다 벽을 나누고 문을 달고 붙박이장을 칸칸이 집어 넣어 건축비를 올렸기 때문이라는 걸, 고급자재 어쩌고 하는 것은 모두 건축비용을 올리기 위한 뻔한 과장 광고라는 것을 누가 모를 줄 알고. 물론 같은 품목이라면 천 원짜리보다 이천 원짜리가 더 좋다. 그러나 이천 원짜리가 천 원짜리의 두 배만큼 좋지는 않다. 조금이라도 좋은 물건을 쓰려면 그보다 훨씬 더 많은 비용을 들여야 하고, 고급을 자랑하며 비싸게 받는 것이 돈을 벌기가 쉽다. 그럼에도 불구하고 이 정도 비용을 내고 아파트에 입주하려면, 고만고만한 아이들을 키우면서 학군과 주거 안정을 적극적으로 도모할 심리적 동기와 재산을 갖춘 4인 가족 정도는 되어야 할 것이므로, 공간은 좁고 방은 많다. 안전을 걱정하지 않을 정도의 벽과 기둥을 세운 단순하고 간결한 구조의 아파트를 지어 합리적인 가격으로 분양하고, 입주하는 사람들이 자신에게 맞는 구조와 디자인을 정해 리모델링을 할 수 있도록 하면 좋을 텐데, 그러면 아마도 수지를 맞추기 어려울 것이다. 들어가는 돈이 많아야 뽑아내는 돈도 많아진다. 벽이 많아야 벽지도 많이 들고, 문이 많아야 문고리 하나라도 더 붙인다. 절대로 고객 중심이 아니라 철저히 기업이윤 중심으로 지어지고 분양된다. 게다가 한강 조망이라니, 25평 아파트에서 한강 조망이 될 리가 없다. 한강이 보이는 구역에 더 평수가 넓고 비싼 아파트를 배치하고 소형 아파트는 추첨운이 좋아야 앞 동의 벽면과 한강이 모자이크되어 보일 동 말 동 하겠지. 흥, 칫, 뿡, 돈도 없고 집도 없으니 양껏 흠집을 잡으며 돈 안 드는 심통이나 부려 보았다. 못 먹는 감 찔러나 보고, 못 따는 포도 시다고 모함이나 하고. 돈 버는 재주 없는 여우의 심통과는 상관없이 신포도는 승승장구 치솟는 집값을 자랑하며 포동포동 잘도 익어 가겠지만.

서울로 거주지를 옮기기로 하고 집을 구하면서 한사코 아파트를 고집했다. 집 구하는 일을 도와주었던 서울내기 소설가 모씨는(2PM의 그녀다) 환경 좋은 동네의 빌라도 괜찮다며, 아파트는 전세도 귀할뿐더러 그 돈으로 전세 아파트 구하기 쉽지 않다고 조언했다. 예쁜 여자가 혼자 살려면 아파트라야 한다고 농반진반으로 포기하지 않았지만, 사실 무서웠다.

일 때문에 서울을 뻔질나게 오르내렸다고 해도 서울에서 내가 제대로 아는 동네는 한 군데도 없다. 눈 감으면 코 베어 간다는 서울 생활에 대한 두려움은 막연하게 집이라도 안전해야 한다는 생각에 집착하게 했다. 택배나 수도 검침원을 위장하여 들이닥친다지 않는가. 한밤중에 취객이라도 뒤따라온다면 급한 대로 밤새 불을 켠 경비실이 있는 것이 안심이 된다. 갑자기 심장마비라도 오면 119구급대가 찾아오기 쉬운 대단지 아파트에 살아야 되지 않을까. 어차피 이웃과 눈인사나 겨우 나누며 사는 도시 생활이지만, 윗집의 청소기 돌리는 소리도 다 들리는 층간소음으로 미루어 짐작건대 비명 소리도 잘 들리겠지.

어렵사리 전세를 얻어 이 년간 살았던 외곽의 19평 아파트 생활은 지금도 불만이 없다. 택배를 받아 주는 경비실이 있어서 좋았고, 음식물 쓰레기를 버리기에도 세탁소나 슈퍼에서 물건을 배달시키기에도 편했다. 다만 이 년의 계약기간이 끝나고 집을 옮겨야 했을 때, 조금 더 서울 사정에 밝아졌을 뿐이다. 눈 감으면 코를 베어 가는지 어떤지는 모르겠지만, 눈을 감지 않으면 대체로 괜찮다. 예쁜 여자 혼자 사는 거나 예쁜 여자 혼자 택시를 타는 거나(예쁘지 않아도!) 위험하기는 마찬가지다. 아파트 경비실이 없더라도 서울에는 경찰도 많고 편의점도 많고 밤을 낮 삼아 사는 올빼미족들도 많아서 위기 상황에 누군가 나를 도와주려니 믿으며 살기로 했다.

치솟는 물가와 떨어지는 돈 가치를 생각하면 하루라도 빨리 아파트를 사야 한다고, 부동산 불패, 특히 아파트 불패 신화를 운운하는 충고에 솔깃하지 않은 것은 아니다. 연금도 없고 고정급도 없는 프리랜서 낭인의 미래는 언제나 불안하다. 십 년간 원고료와 강사료는 거의 그대로인데, 아파트값은 그새 서너 배는 넘게 올랐다. 건달처럼 재미 삼아 모델하우스에 가서 심통이나 부리고 돌아오지만, 무리해서 대출이라도 받아 아파트 분양전쟁에 뛰어들어야 하나 하는 생각을 아예 안 해 본 것도 아니다. 적은 돈이지만 주택청약 저축은 매달 꼬박꼬박 넣고 있다.

그런데 때마다 발표되는 집값을 잡는 특단의 대책은 들여다 봐도 무슨 말인지 도통 알 수가 없다. 마르크스(K. Marx)보다 데이비드 하비(David Harvey)보다 정부 부동산 대책 해독하기가 훨씬 더 어렵다. 이번 부동산 대책 관련 뉴스를 들여다보다가 확실히 알게 된 것이 하나 있기는 하다. 내가 아파트를 분양 받을 확률은 거의 로또를 맞을 확률에 육박한다는 것. 순위보다 가점제가 우선한다니, 부양가족이 없고 간당간당 도시 노동자 소득기준을 넘었다 모자랐다 하고 있으니 내세울 것은 무주택 기간뿐이다. 가점을 늘리기 위해 어디 가서 애를 낳아 올 수도 없고. 가족도 많고 돈도 못 벌어서 이렇게나 가난하니 살 집이 꼭 필요하다고 애걸복걸하기라도 해야 하는 것 같아 영 마음이 안 좋다. 내 가난을 스스로 증명해야 겨우 집 한 칸 살 수 있고, 그러고 나면 집 한 채에 전 재산을 걸고 집값이 오르기만을 기다려야 하는 악순환의 구조에서 살고 있다.

양도소득세나 보유세가 집을 몇 채씩 가진 사람들에게 얼마나 타격을 주는 건지 나로서는 실감할 도리가 없다. 어쨌거나 집을 소유해서 재산을 불리려는 욕망을 제한하여 주택의 수요가 집중되는 것을 막고 집값을 안정시켜 집이 꼭 필요한 사람들이 집을 좀 더 쉽게 살 수 있게 하는 구조라고 이해했다. 그런데 더 많이 가져야 행복한 사람들의 욕망을 제한해서 그 욕망을 덜 가진 사람들에게 나누어 준다고 주택문제가 해결될까. 억제로 유지되는 정책이 사람들을 행복하게 할 수 있을까. 잘해 봐야 아파트의 소유 여부나 늘어난 재산가치 같은 것으로 행복의 기준을 평준화하고, 그 행복 지수를 다소 평평하게 가다듬을 수 있을 뿐. 토지나 주택의 공공재 개념이나, 소유가 아니라 거주 공간으로서의 주택의 의미 같은 것으로 집에 대한 사람들의 욕망을 설득할 수 있을 것 같지는 않다. 어쩐지 아파트값은 그 사용가치와 상관없이 오르고 또 올라도 못 오를 리 없을 것 같다.

소유만큼의 과세, 공평한 분배의 정의 실현에 반대할 리가 없다. 정책에 무지한 가난뱅이가 이해할 수 있는 수준에는 한계가 있으리라는 것도 알고 있다. 그래도 더 가져야 행복한 사람들의 욕망을 제한하는 것보다 덜 가져도 행복할 방법을 찾는 사람들을 더 격하게 지원해서 그들의 행복지수를 현격하게 올려놓는 정책은 없을까 궁리해 보게 된다. 지은 지 이십 년, 삼십 년이 지난 집들을 모두 부숴서 일제히 아파트를 짓는 것보다 오래된 집들을 잘 건사하고 고쳐서 살 수 있게 하면 안 될까. 지은 지 이십 년쯤만 되면 그 집의 미래는 오로지 재건축을 염두에 두고 급격히 낡아가며 방치된다. 부실공사가 많다 하더라도 잘 관리하고 고쳐 쓰면 집의 수명은 훨씬 더 연장될 수 있다. 그 집에 사는 사람의 안전과 생활을 존중할 수만 있으면 된다. 그 편이 모두 부숴

서 비싸기만 하고 실속도 없고 아름답지도 않은 아파트를 천편
일률로 세워 올리는 것보다는 훨씬 생산적이다.

혼자 사는 예쁜 여자들이 걱정하지 않아도 될 만큼 골목골목
의 안전을 돌보고, 낡고 오래되어 흉흉한 건물들의 외관을 고칠
수 있도록 도와주는 일에 좀 더 신경을 쓰면 어떨까. 잘 살던 주
택을 부수고 다세대 주택을 올려 임대사업자가 되도록 지원하는
것 말고, 좁은 집이라도 벽을 트고 주방 구조를 바꾸고 싶어 하는
사람들도 좀 지원해 주면 안 되나. 내 집이 아니더라도, 집값이
오르나 안 오르나 상관없이 사는 동안 자신의 생활에 맞는 구조
를 찾고, 하수도나 세면대 같은 것을 조금씩 고쳐 가기도 하면서
살 수 있으면 좋겠다. 전세로 살고 있는 집의 세면대가 오래되어
바꾸고 싶다가도 이 년 후에 어떻게 될지 모르는데 일이 년 살고
말 집에 돈을 들이기도 주저되어 그냥그냥 산다. 물론 새 세면대
를 갖는 것보다 낡은 세면대를 매일 아침 들여다보아야 하는 생
활의 행복지수는 그만큼 떨어진다. 임대차보호법은 단지 임대기
간 동안의 임대료에만 관여하는 것이 아니라 세입자들의 삶 자
체에 결정적 영향을 끼친다. 십 년, 아니 최소한 오 년이라도 이
집에 안정적으로 거주할 수 있다면 가끔은 페인트칠도 하고 세
면대도 바꾸면서 내가 살고 싶은 집의 일상을 상상해 보게 될 텐
데. 그러면 나도 내년 봄을 기약하며 꽃나무도 심어 놓고 꽃이 피

는 만큼 더 행복해질 텐데. 지금의 나에게는 내년 봄을 기약할 권리도 자격도 없다. 나는 미래의 자산가치보다 오늘의 행복이 훨씬 더 절실한데 말이다.

안 그래도 좁은 모델하우스에 발디딜 틈도 없이 사람들이 몰려들었다. 돈도 자격도 없으면서 괜히 혼자 '이 집은 안 되겠어' 하고 혀를 쯧쯧 차며 떠밀리듯 돌아오는 길에 생각했다. 덜 가져도 행복할 방법을 찾는 사람들이 그들에게 잠재된 행복능력을 잔뜩 부풀려서 더 가져야 행복한 사람들을 소외시키는 작전을. 행복한 가난뱅이 바이러스 작전이라 할까. 아파트값이 올랐지만 옆 동네 아파트값이 더 올라서 우울하고, 깔고 앉은 아파트값이 오르나마나 삼십 년간 갚아야 하는 대출금이 당장 갑갑한데, 문득 돌아보니 누군가 좁은 창문을 열고 골목을 내다보며 환하게 웃고 있는 바람에 상대적 박탈감을 느끼는 그런 이야기. 전세 아니면 월세일 텐데 뭐가 그렇게 좋은지 세상 평화로운 얼굴로 동네를 어슬렁거리는 세입자를 보면서, 오 년만 지나면 쫓아내야지 하고 괜히 심통을 부리는 집주인들도 있고 그러면 좋겠다. 그러면 비싸기만 하고 쓸모없는 아파트 같은 건 이 도시의 천덕꾸러기 신세가 되는 날도 오겠지. 그날이 올 때까지 나는 방긋방긋 웃음을 잃지 않고 행복한 산책자의 자세를 견지해 볼까.

무슨 힘과 무슨 낙으로 행복한 산책자로 오래 견딜까를 궁리하며 돌아오는 길은 멀었다. 횡단보도를 너무 여러 번 건넜다. 일단 이런 무리한 산책부터 자제하기로 한다. 젠장 좁아 터졌을 뿐 아니라 너무 멀기까지 하군. 나는 한 번 더 아파트 건설현장을 돌아보며 눈을 흘겨 주었다.

'루진'과
기본소득

"어떤 일을 하고 계시나요?" 그녀가 물었다.

"누구요? 저요?"

"예."

"안 합니다……. 저는 퇴직했습니다."

잠시 침묵이 흘렀다. 이윽고 좌중의 대화가 다시 시작되었다.

_ 이반 세르게예비치 투르게네프, 『루진』

학생들과 『루진』을 읽었다. 특별히 러시아 문학에 조예가 있어 선택한 작품은 아니었다. '한국문학과 세계문학'이라는 과목이었는데, 러시아 문학을 하나쯤 같이 읽고 싶기는 했다. 그런데 학생들이 알 만한 러시아 문학은 등장하는 인물들의 이름처럼 길고도 길어 끝없이 장대하여 그나마 일이 주의 준비기간 내에 읽을 만한 작품이다 싶어 고른 것이 『루진』이었다. 독후감을 나누는 과정에서 '루진'에 대한 성토가 이어졌다. 특히 사랑을 고백한 다음 날, 어머니의 반대를 전하는 나탈리야에게 침통하게 이별을 고하는 우유부단에 학생들은 이구동성으로 질색했다. 강의실은 순식간에 '고구마 백 개 ㅋㅋㅋ'의 분위기가 되었다. 교과서적으로 현실적 실천력이 결여된 이상주의의 한계라든가 하는 주제로 이어졌을 법한 대목에서 나는 돌연 루진을 좀 편들고 싶어졌다. 글쎄, 나탈리야의 불타는 눈길에 대답하며 그녀의 손목을 잡고 장원을 뛰쳐나갔다든가, 혹은 특유의 달변과 현학으로 나탈리야의 어머니 다리야 미하일로브나를 설득했다면 좀 달라졌을라나. 아마도 루진이 생각하는 사랑은 그런 범주 안에 존재하지 않았을 것이다.

"어떤 일을 하고 계시나요?"라고 묻는 다리야 미하일로브나에게 "안 합니다……. 저는 퇴직했습니다"라고 대답했을 때부터 루진은 그가 방문한 세계에 속할 생각이 없거나, 아니면 그 세계 자체를 부정하는 존재였다. 어떤 일이라니? 몇몇의 지주들로 이루어진 그 마을의 체계에서 인정받는 일이란 조상으로부터 물려받은 영지를 관리하거나 아니면 그 지주들의 체계를 유지하는 데 기여하는(가정교사이거나 유모이거나 집사이거나 식객 같은) 일만이 직업으로 인정받을 수 있었다. 루진이 "안 합니다"라고 말했을 때, 그는 그 체계 안에 사이좋게 공존할 수 있는 존재가 아니었다. 루진이 전하는 새로운 말에 매혹된 나탈리야와의 사랑도 마찬가지다. 다리야가 주도하는 지주들의 체계 안에서 전혀 용납될 수 없는 이 사랑을 목격한 순간 루진은 그 체계 바깥으로 튕겨져 나와 '잉여'가 되었다. 바람직하다고 할 수 있을지는 모르겠지만, 전복도 부정도 불가능한 체계 앞에서 존재할 수 없는 인간이 된 자신을 갑자기 알아버린 루진의 무력감과 당혹감을 이해할 수는 있을 것 같다. 이런 루진이 루진 그 자체로서 존재할 수 있게 하기 위해서 '기본소득'이 필요하다고 말하려면 어떤 이야기가 더 필요할까.

'루진'과 기본소득을 굳이 연결해서 생각한 것은 마침 그때 『루진』을 읽었고, 마침 그때 '예술가와 기본소득'이라는 주제로 글을 써 보지 않겠느냐는 제안을 받았기 때문이었다. 루진에게 기본소득을 줘야 한다는 멍청한 생각을 하고 있다가 포털에서 짧은 기사를 하나 읽었다. 프랑스의 예술가 지원 체계에 대한 기사였다. 기사는 너무 간략했고, 그래서 프랑스의 예술지원 제도인 '앵테르미탕(intermittents)'에 대한 충분한 이해가 불가능했다. 기사의 성실성과 무관하게, 제도를 생각하기 이전에, 무수

한 댓글에 깔린 적의가 먼저 눈에 들어왔다.

'프랑스 같은 선진국과 당장 먹고살 것 없는 사람이 허다한 이 나라가 비교가 되냐.'

'프랑스는 세금을 많이 낸다. 증세는 싫다면서 복지만 챙기려는 사람들이 문제다.'

'내 피 같은 돈으로 낸 세금인데 예술가들에게 퍼주라는 이야기냐.'

'예술가는 누가 정하는데? 공짜라고 너도나도 예술가 하겠다고 달려들겠지.'

무상급식이나 보육수당 같은 기초 복지에 관한 의제에서 흔히 등장하는 반론들이기는 하지만, 여기에서 한 가지 더 보태진 것은 예술가들에 대한 적의다. 댓글의 문맥에는 '배고픈 예술가'이지만 '저 좋아서 하는 일'이며, 예술가들을 위한 복지는 '국민들의 세금으로 베푸는 것'이라는 인식이 깔려 있다. 거기에는 세금으로 그들을 구제하는 것은 일종의 시혜이며, 시혜를 베풀면 그만큼 돌려받는 것이 있어야 한다는 통념이 있다. 그것은 예술가든 누구든 선택한 일에서 알아서 살아남아야 한다는 각자도생의 논리, 공짜는 없으므로 받은 만큼 갚아야 한다는 교환 논리가 전제된 것이다.

예술가에게 주어지는 존경과 후광이 이미 사라진 지 오래이고 사실 내가 뭐 예술가라고 대단하게 내세울 처지도 못되지만 예술과 기본소득을 함께 생각하는 일이 그리 쓸데없는 일은 아니라는 말을 좀 하고 싶다. 이런 말에 동의할 사람이 얼마나 있을지 모르겠지만, 그래도 예술은 우리 시대의 대표적 잉여의 영역이 아닐까. 그러니까 예술이 되면 다 되는 것이다. 예술가에게 기본소득의 시민권이 주어진다면 아마도 그것은 그러한 시민권이 시민 모두에게 있다는 증명이 될 거라고 우겨 본다. 물론 쉽지 않은 일이다. 저 적의로 가득찬 댓글들을 보라.

반박이나 설득의 문제가 아니라 체감의 문제, 예술의 공공성을 말하기는 쉽지만 사실상 그 공공성을 체감할 수 없는 시스템 하에서 우리는 살고 있다. 예컨대 예술인 단체나 국가 기관으로부터 받는 충분하지 않은 예술인 지원이 그렇다. 접수를 하고 계획서를 내고 심사를 받고 지원 대상자로 결정되는 과정은 사실상 경쟁의 과정이며 그런 지원을 통해 예술을 하는 일 자체가 각자도생의 범위에 속한다. 지원을 받았으므로 성과를 내 놓아야 하며, 유형의 결과물을 산출해서 스스로의 유용성을 증명해야만 하는 예술가는 어떤 공공성을 상상할 수 있을까. 남보다 나은 성과를 낼 수 있다는 증명을 해야 하고, 받은 만큼 돌려줄 몫을 상정하는 예술은 경쟁과 차익 계산의 시스템 내부에서 그것을 강화시킨다. 누구보다 나은 성과인지, 받은 것을 어디에 돌려줄 것인지를 묻기 전에 우선 이익과 성과를 주장해야 하는 시스템을 받아들일 때, 블랙리스트 같은 웃지 못할 자격심사가 시작된 것은 아닐까 의심해 볼 수도 있다. 경쟁에서 살아남은 몇몇 예술가에게 존경을 표할 수는 있으나, 예술 전체에 대해서는 적의가 만연한 것도 그런 이유이다. 그 적의를 통과하기 위해서는 무언가 다른 일을 하는 예술의 가능성을 상상할 수 있어야 할 텐데, 쉽지가 않다. '일, 하지 않습니다'라고 말하는 것이 가능할까. 혹은 '우리가 하는 일은 다른 일입니다'라든가.

반대의 상상을 해 보자. 내 것이 누구의 것보다 낫다고 증명할 필요가 없고, 내가 받은 것을 정해진 기한 내에 굳이 토해 낼 필요가 없는 세계, 그런 곳에서 예술은 어떻게 존재할까. 경쟁은 이미 시장에서 충분히 이루어지고 있고, 투자한 만큼 얻어내기 위해 우리는 이미 충분히 열일하고 있다. 예술'계'에 발을 걸치고 있는 나의 노동이 얼마나 계산된 세계 안에 있는지 나는 잘 안다. 원고료든 강의료든, 내가 쓴 원고만큼 내가 강의한 시간만큼 조금의 오차 없이 그 대가가 계산되는 세계에 나는 오랫동안 종사해 왔다. 팔리지 않는 문학에 대한 구박과 동정도, 도무지 생산성이 증명되지 않는 문학에 대한 애매한 묵인도 잘 견디면서 살아 왔다.

그래도 사실상 원고 매수와 강의시간으로 계산된 (부정기) 임금을 받으면서 나는 늘 손해 보는 기분이다. 어떤 원고는 단숨에 쓰고 어떤 원고는 길고도 긴 시간을 쪼개 가며 애간장을 태우면서 쓴다. 무능과 게으름을 자책하고, 편집자의 노동에 부담을 주고 있다는 죄책감에 감정노동까지 수행하고 있는데, 그래 봐야 내 문학은 잘 쳐 줘도 매당 만 원짜리의 문학이다. 그게 매당 이만 원이 되고 삼만 원이 되면 좀 나아질까. 그래도 만족스러울 것 같지는 않다. 더 비싼 대가를 받는다고 누그러질 수 없는, 그런 식으로 내 노동의 가치가 책정되는 것 자체에 대한 불만, 혹은 우울. 얼마를 받든 손해 보는 느낌이라면 다른 방식으로 책정된 내 노동의 가치를 갖고 싶다.

문학예술을 하며 존재하고 있는 나 자체에 대한 인정과 존중. 예술가가 아니라 하더라도 누군들 그렇지 않을까. 내가 생산해 내는 이윤만큼이 아니라 내 존재 자체의 가치에 대한 인정과 존중. 기본소득이란 생계가 어려운 예술가를 지원하기 위해 필요한 것이 아니라 이 지구에서 예술가로 존재할 수 있게 하는 자격과 권리를 위해 필요하다.

문학을 하는 사람은 언어를 밑천으로 이윤을 창출하는 사람일까. 그럼 그 이윤은 누구에게 귀속될까. 작품을 쓴 작가, 혹은 그것을 책이나 다른 상품으로 만든 출판사, 판매상 들일까? 그런

식이라면 문학가의 생계는 전적으로 개인의 책임일 수밖에 없으며, 그것으로 무슨 공공성을 상상하는 것은 불가능하다. 그러나 문학의 밑천인 언어는 애초부터 문학자 개인의 것이 아니다. 태고부터 이 언어를 사용해 온 사람들이 지키고 늘려 온 자산이고, 지금도 누구나 사용할 권리와 자격을 갖추고 있는 대표적인 공유재이다.

'누구의 소유도 아닌, 모든 사람이 공유하는' 유형, 무형의 재화들. 산과 들, 바람과 공기 같은 자연, 우리가 먹고사는 기반이 되는 각종 천연자원, 우리가 사용하는 말, 또는 예술가들이 만들어 낸 예술 작품들. 모두 과거의 인류로부터 물려받은 것이고, 그러므로 우리가 인류에 속하는 한, 우리는 여기 이 시점에서 존재한다는 사실만으로도 그 공유재를 사용할 자격과 권리가 있다. 그러나 이 공유의 개념은 누군가가 자원을 사용할 권리를 독점하고, 거기서 생산된 이윤을 사유화하면서 점점 사라지고 있다. 공유의 개념이 상실되면서 생겨나는 문제는 단지 부의 독점에 그치지 않는다. 생태계가 파괴되고, 인간의 삶 자체가 사유의 권한과 이익 안에만 매몰되어 인간답게 살 수 있는 가능성의 여러 범위가 사라져 버린다.

문학(예술)이야말로 사라져 가는 공유의 개념을 확산시킬 수 있는 가장 적절한 분야다. 언어는 누군가에게 독점될 수 없을 뿐만 아니라, 사용한다고 닳아서 사라지는 것도 아니다. 쓰면 쓸수록 세련되어지고 풍부해지며 기발해지고 흥미로워진다. 일상의 대화, SNS의 아무 말, 네티즌들이 만드는 신조어, 방송의 유행어, 그리고 무수한 시어와 서사 들. 나와 대화하는 당신, 이 글을 읽고 공감하거나 욕을 하는 당신, 온갖 말들을 생산하고 퍼뜨리는 누군가들이 모두 이 자산을 불리고 확산시키는 데 기여하고 있다. 그리고 문학자들은 이 공유 자산을 가장 알뜰히 사용하는 사람들이고, 또한 그 공유 자산을 가장 열심히 확장하고 풍부하게 만드는 사람들이다. 공유 자산을 사용하는 사용료를 낸다(세금이다). 그리고 그 공유 자산을 불리고 가치 있게 만드는 일에 대한 존중으로 공동의 이익 중 일부를 배당받는다(기본소득이다).

　　말도 안 되는 일본어 실력으로 일본의 인문학자 구리하라 야스시(栗原康)의 『학생에게 임금을』(서유재, 2016)을 번역한 적이 있다. 사실 기본소득에 대한 내 상식과 이해는 이 책에 빚진 것이 많다. 여러모로 흥미로운 책이었지만 특히 내가 좋아하는 에피소드가 있다. 이 에피소드가 퍽 마음에 들었으므로 기회가 있을 때마다 인용하고 소개하곤 한다. 대략 다음과 같은 이야기.
　　프랑스의 시인 말라르메가 영국의 캠브리지와 옥스퍼드에서 강연했을 때, 산업도시와 대학도시가 공존하는 광경에 깊은 인상을 받았다고 한다. 대학은 석탄과 매연으로 더럽혀진 도시의 풍경을 다른 형상으로 전환시키고 그것으로 다른 삶을 시사하는, 일종의 공유재로 기능하고 있었던 것이다. 시인답게 말라르메는 이 이미지에 바탕하여 '문학의 토지기금'이란 것을 구상했다고 한다. 고전이 된 작품 판매의 일부분으로 시인들의 생활을 지원하자고 하는 아이디어였다. 공유 자산을 밑천으로 더 많은 공유 자산을 만들어 낼 기반을 만든다. 그 혜택은 자산을 공유한 모두에게 돌아갈 것이다. 공공성의 상상력이 있어야 가능한 일이다.

해마다 5월이면 소득신고를 한다. 근로소득을 제외한 일반 사업소득자 신고 기간이다. 국세청 전산망이 안정되기 전에는 직접 소득신고서를 들고 세무서에 갔다. 내 소득신고서는 정말이지 대한민국에서 받을 수 있는 소득의 종류를 호화 잡다하게 총망라하고 있다. 대학 강의료는 근로소득, 원고료는 사업소득, 심사료나 외부 강연료 같은 것은 기타소득으로 분류된다. 소득의 입금 주체가 다 다르므로 증명서는 수십 장, 오만 원짜리 원고료도, 십만 원짜리 강연료도 모두 별지로 발급된다. 소득신고를 도와주던 세무서 직원이 수십 장의 신고서를 펄럭이다가 잠시 한숨을 쉬고 묻는다.

"도대체 뭐하는 분이세요?"

글쎄, 나도 내가 뭘 하는 사람인지 잘 모르겠다. 소득의 명목이 쪼개질수록, 나라는 인간도 낱낱이 쪼개진다. 수십 장의 신고서를 챙기면서 나는 십만 원, 오만 원을 합산하는, 낱낱의 사유화된 소득에 집착하는 지질한 인간이 된다. 수십 장의 신고서에 기본소득서가 한 장 더 포개진다면, 나는 아마도 온갖 일을 하다가 아무 일도 안 하는 인간이 된 것이 아니라 그렇게 많은 일을 하는, 문학하는 인간으로 통합될 수 있지 않을까. 기본소득은 전체로서의 나를 추정하고 전제하면서 나라는 인간의 존재를 안정시킨다. 전체로서의 한 인간 자체를 상정할 수 있는 물적 토대. 혼자서 죽도록 일하고 쥐꼬리만 한 사유재산에 전전긍긍하는 인간이 아니라 공공의 영역 속에 공존한다는 존재감. 나에게 기본소득의 상상력은 그런 것이다.

기본소득을 실현하기 위해 현실적으로 해결해야 하는 문제가 많다는 것을 알고 있다. 정책과 제도를 위한 구체적 고민이 더 필요하겠지만 나는 잘 모른다. (끝까지 모른 척할 작정이다.) 그냥 이런 상상을 해 볼 뿐이다.

"(형편이 좋지 않아 약소하지만) 인류 공동의 자산인 언어를 세심하게 활용하고 발굴하며, 잡다하게 분주한 와중에도 틈틈이 놀고 틈틈이 생각하며 매일매일 잉여의 공공자산을 창출하고 있는 당신에게 공동체의 이름으로 이 증명을 드립니다."

그런 소득 증명, 혹은 자격 증명을 갖고 싶다. 그것이 어디 예술가에게만 해당하는 이야기이겠는가.

---

* 이 글은 '예술과 기본소득'이라는 주제로 웹진 『문학 3』에 기고한 글을 일부 수정한 것이다.

* 공공재와 기본소득에 대한 내용은 데이비드 볼리어 『공유인으로 사고하라』(배수현 옮김, 갈무리, 2015), 구리하라 야스시 『학생에게 임금을』(서영인 옮김, 서유재, 2016) 등을 참고했고, 프랑스 예술인 지원에 대한 기사는 경향신문 2017년 12월 4일자, SBS뉴스 12월 30일자 등을 참고했다.

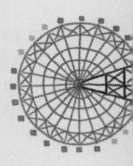

이상한 나라의

토끼처럼,

오늘의 망원동

망원동의
밥

망원동의 메인 도로는 6호선 망원역 1번 출구와 2번 출구가 마주 보는 월드컵로이다. 맛집을 찾을 때도 약속을 잡을 때도 망원역을 기준으로 하다 보니, 망원역 주변의 이 도로는 망원동 근처에서 가장 붐비는 길이다. 유동인구를 가늠하는 기준이되는 '스타벅스'와 '올리브영', '왓슨즈'(랄라블라로 이름이 바뀌었다)가 망원역을 기준으로 이 도로에서 가장 잘 보이는 위치에 자리잡고 있고, 택시를 잡으려 해도 역시 이 길까지 나오는 것이 제일빠르다.

1번 출구나 2번 출구를 나오면 바로 야쿠르트 아줌마를 만난다. 아줌마가 비칭은 아니리라 믿는다. 정말이지 야쿠르트 아줌마는 아줌마라고 하지 않으면 뭐라 해야 할지 알 수가 없다. 한국처럼 변화가 빠른 나라에서 야쿠르트 아줌마처럼 확고한 이미지로 장수하고 있는 노동자들이 또 있을까. 나는 기억이란 게 생겨났을 시점부터 야쿠르트 아줌마가 배달해 주는 야쿠르트를 먹었고, 아줌마들의 베이지색 유니폼을 아주 멀리서부터 알아보도록 훈련받았다(나무위키를 찾아보니 1970년대 초반 등장했다고 한다. 야쿠르트 아줌마는 거의 내 인생과 역사를 같이했다!). 요즘은 야쿠르트 대신 아줌마가 파는 커피를 사 마신다. 더운 여름날, 눈도 못 뜨고 일찍 집을 나설 때면 지하철역 앞에서 진한 더치 커피 한 병을 사 들고 홀짝거리며 빈속을 달래고 잠을 깨운다. 이 동네에는 횡단보도를 사이에 두고 양쪽에 야쿠르트 아줌마가 있다. 길 건너에서 서로 마주 보며 커피나 야쿠르트를 파는 게 괜찮을까 싶지만, 알고 보면 탁월한 위치 선정이다. 대개 사람들은 한쪽 출구만 이용하고, 도시에서 우리들의 이동을 가로막는 가장 큰 적은 신호등과 횡단보도이다. '스세권' 말고 '야세권'도 있어야 한다고 생각한다. 유동인구나 생활 편의성을 판단하는 기준이 되고 있다는 스타벅스 말고도, 그 길에 야쿠르트 아줌마가 있다면 틀림없이 그 주변은 사람들이 가장 많고 이런저런 가게들이 밀집해 있는 곳이다.

아마도 6월이나 7월 즈음, 막 더위가 닥치고 있던 무렵이었던 것 같다. 나는 망원동의 밥 중에 가장 놀랍고도 인상적인 밥 풍경을 만났다. 망원역 2번 출구로 나와 망원시장으로 들어가기 위해

꺾어드는 길의 입구, 망원시장에서 나오는 인파와 망원역 2번 출구에서 나오는 인파가 얽히는 지점이다. 더운 여름날의 점심 무렵에 세 명의 중년 여인들이 스티로폼 박스 같은 것에 흰밥과 야채와 반찬통을 올려놓고 점심을 먹고 있었다. 누가 봐도 밥을 먹기에 적절한 장소는 아니다. 그러나 그들에게 거기만큼 밥 먹기 좋은 장소가 또 있으랴.

1번 출구 쪽 야쿠르트 아줌마, 2번 출구 쪽 야쿠르트 아줌마, 그리고 망원시장 골목 초입에서 야채를 파는 노점상 아줌마가 그 주인공이다. 야채 노점은 내가 자주 야채를 사는 곳이기도 하다. 알배추와 쪽파, 애호박 같은 것은 내가 아는 한 망원시장 전체에서 가장 품질이 좋다. 알배추와 쪽파는 질기지도 크지도 않아 겉절이를 담그기 딱 맞춤이고, 애호박은 흠집 하나 없이 어찌나 윤이 나는지, 보는 순간 오늘 저녁에는 저걸 숭숭 썰어서 새우젓을 넣고 지져 먹어야겠다는 생각에 군침부터 흐른다. 그 노점에서 파는 알배추와 오글오글한 상추, 풋고추 같은 것을 툴툴 털어서 밥상 위에 올린다면? 흰밥과 쌈장만 있으면 이건 무한흡입각이다. 게다가 야쿠르트 아줌마의 영업무기 냉장 박스의 냉장력은 천하제일 아닌가. 여름날 아침에 나는 아줌마가 박스에서 꺼내 주는 이슬 송송 맺힌 커피 병을 볼에 대는 것으로 1차 잠을 깨고 시원한 카페인에 2차 잠을 깬다. 야쿠르트 냉장 카트가 골목을 질주하는 광경을 본 적이 있는가. 앙증맞은 냉장 카트 위에 올라타고 좁은 골목길을 누비는 늠름한 자태는 21세기 4차 산업 시대의 산업역군이 아니고 무엇이겠는가. 아침 일찍 출근하며 챙겨 온 밑반찬들을 냉장 박스에서 오전 내내 보관하고 길 위에 그걸 꺼내 놓을 수 있는 사람은 야쿠르트 아줌마밖에 없다. 쌈장도 야쿠르트 아줌마가 챙겨 오셨겠지. 식사 후에는 냉장 박스 안의 야쿠르트 한 병씩 쭉 하실라나. 현지 조달할 수 있는 최강의 재료와 최강의 장비가 만들어 낸 최강밥상. 천하무적 식욕 자극 츄르릅 게눈 감춤 밥도둑 식탁이다. 침을 뚝뚝 흘리면서 바라보다가 남의 식탁을 빤히 쳐다보는 것은 예의가 아니라는 생각에 발걸음을 옮겼다. 식사에 방해가 될까 사진을 찍어 두지 못한 것이 두고두고 애석하다. 저장해 두고 꺼내 보고 싶은 광경이었다.

　노점상 아줌마가 짜장 컵라면으로 식사를 때우는 모습을 본 적이 있다. 수도도 화장실도 지하철 화장실을 이용해야 하는 환경에서 컵라면 국물조차 부담스러웠겠지. 화장실을 가거나 밥을 먹느라 점포를 비워 놓기도 애매하다. 지하철 역에서는 오 분 간격으로 사람들이 쏟아져 나오고, 야쿠르트 아줌마는 잠시라도 자리를 비우기 어려워 전전긍긍이겠지. 게다가 냉장 박스와 그 안을 가득 채운 야쿠르트와 헬리코박터 프로젝트와 콜드브루와

끼리치즈는 어쩌고. 듣자 하니 야쿠르트 회사의 물건을 팔고 배달하지만 야쿠르트 아줌마들은 고용노동자가 아니라 개인사업자라고 한다. 일부 정착 지원금이 있지만 영업을 위한 장비도 물건들도 외상으로 사다가 열심히 팔아서 외상빚을 갚아야 한다는데, 산재도 안 되고 실업급여도 없다는데, 하나라도 더 팔아야 하고 하나라도 잃어버리면 안 된다. 밥을 먹으면서도 흘깃거리면서 길 건너편의 고객을 가시권 안에 둘 수 있고, 물건을 찾는 손님이 있으면 밥을 먹다가도 일어나서 물건을 꺼내 줄 수 있는 위치 선정, 가진 것 많지 않아도(사실 이날의 식사에 관해서라면, 다 가졌다) 그들이 가진 것으로 가장 즐겁고 맛나게 즐길 수 있는 식사. 그들에게 이보다 더 좋은 밥자리는 없다. 망원동 맛집이 어쩌고 〈수요미식회〉가 어쩌고, '망리단길'이 어쩌고 온갖 유명짜한 밥집을 찾아 오늘도 수많은 인파가 몰려드는 동네의 그 분주하고 복잡한 밥길 한가운데에, 가장 적절하고 가장 요긴하고 가장 지혜로운 밥상이 있었다.

인파 얘기가 나왔으니 말인데, 주말에 망원시장에 가 본 적이 있는지 모르겠다. 〈무한도전〉과 '장미여관'이 부스팅을 한 이후에 망원시장은 명실상부한 망원동의 핫플레이스가 되었다. 특히 주말에는 말 그대로 인산인해인데 방문객들 때문에 앞으로 나아가기가 힘들 정도이다. 듣자하니 망원동 어디 맛집에서 점심을 먹고 망원시장을 한 바퀴 돌며 닭강정이나 고로케 같은 주전부리를 사 들고 한강에서 강맥(강에서 마시는 맥주)을 하는 것이 망원동 관광의 정석 코스라 한다.

　때는 작년 설날, 명절에 본가에 가지 않는 나 같은 못돼 먹은 한량들에게는 가장 한가하고 심심하고 적적한 날, 가게들도 대충 문을 닫고, 혼자 영화관 가기도 귀찮아 TV를 벗 삼아 밀린 일이나 하자고 작심하고서, 그래도 설날 하루는 유유자적하는 기분으로 한강으로 달리기를 하러 나섰다. 한강으로 가는 지름길로 망원시장을 통과하는데, 나는 설날 아침까지도 시장이 그렇게 바쁜 걸 처음 알았다. 상인들이야 늘 바빴겠지만, 내가 설날 시장에 갈 일이 없었으니 예상과 다른 풍경에 깜짝 놀랐다. 아마도 제사를 지내지 않거나, 혹은 일찍 끝낸 사람들이 친척집을 방문한다거나 하면서 들른 것이리라. 생각해 보니 과일가게나 정육점은 미처 명절선물을 준비하지 못한 사람들로 마지막 대목을 누릴 법도 했다. 북새통인 시장을 통과해서 산책 반 달리기 반으로 한강을 돌고 돌아오니 그사이에 거짓말처럼 시장이 고요했다. 인파가 확 빠져서 고요해진 시장골목에서 난데없이 우하하 깔깔깔 웃음소리가 터져 나왔다.

　마법처럼 완전히 딴 풍경이 펼쳐졌다. 정육점 앞에 간이 테이블이 펼쳐지고 휴대용 가스레인지 위의 불판에서 삼겹살이 익어

가고 있었다. 그리고 막걸리병과 맥주병, 상추와 풋고추, 마늘 등속이 놓여 있다. 야채야 얼른 이리 와라 고기 다 익는다. 사장님 올해도 수고했네 한잔 받으쇼. 왁자지껄 시장에서는 때늦은 명절 파티가 벌어지고 있었다. 점심시간이 막 지난 한낮의 시장통에서 손님들이 다 빠진 골목을 왕왕 울리며 그들끼리 나누는 식사.

삼겹살이야 고깃집에 혼전만전일 테고, 야채도 옆집 야채가게에 무궁무진. 세상 누가 그렇게 호화판 고기 쌈밥을 먹을 수 있을까. 김치는 앞집 반찬가게 협찬인가. 팔다 남은 나물도 있고 전도 있다. 디저트는 과일가게 사장님이 한턱 쏠 테지. 생각해 보면 시장만큼 먹을거리가 넘쳐나는 곳도 없는데, 정작 상인들은 지천에 널린 먹을거리들을 여유 있게 먹을 틈이 없다. 몰려드는 손님들이 있어 그래도 행복하다고 틈틈이 허기를 채우며 장사에 여념이 없었겠지. 밥 먹을 넋마저 빠져나갈 것 같은 명절 대목을 넘기고 남으나 모자라나 그래도 그들이 잠깐 숨을 돌릴 유일한 시간이겠다. 곧 오후 장사를 시작하거나, 뒤늦은 명절치레를 하기 위해 주섬주섬 일어설 그들의 그 짧은 시간, 꽉 찬 식사. 한 집에 한 가지씩 그저 집어 오고 상에 올리면 완성되는 풍요한 식탁을 나는 운 좋게 목격했다. 단언컨대 내 평생 가장 탐나는 삼겹살이었다. 역시 파티에 방해가 될까 봐 사진도 찍지 못하고 텅 빈 시장에 수줍은 미소만 남기고 돌아왔다. 마음 같아서는 은근슬쩍

옆자리에 끼어 앉아 막걸리라도 한잔 받아먹고 싶었지만. 느지막이 일어나 아침도 생략했는데, 아아 너무 가혹한 유혹이었다. 먹을 거 없는 독신 생활자의 명절에 대책 없이 식욕만 동해서 늦은 점심으로 새삼스럽게 떡국을 끓였다.

내가 망원동을 좋아하는 이유는 TV나 블로그의 맛 품평가들이 입이 마르게 칭찬하는 음식들과 공들인 블렌딩의 커피 같은 것, 알록달록 개성 있고 감각 있는 외관으로 사진발깨나 받는 가게들이 모여 있어서가 아니다. 세계 각국의 요리가, 트렌드를 끌고 가는 힙한 가게들이 언론과 입소문의 주역이 되어 있거나 말거나, 각자의 밥과 각자의 생계를 가진 사람들이 여전히 여기 있기 때문이다.

나는 망원동이 막 뜨기 시작했을 시점에, 어쩌다가 여기 흘러들어 온 뜨내기이지만, 그래서 더 이 동네가 흥미롭고 정겹다. 오래된 연립을 개조해서 새 가게가 생기는 광경을 목격하고, 낡은 지붕과 붉은 벽돌로 된 벽들이 어떻게 기우뚱한 개성을 얻어 가는지를 지켜보고, 사람들이 모여들어 거기에 줄을 서고 사진을 찍게 되기까지의 과정을 알게 되는 것도 물론 즐겁다. 그러나 그 와중에 힙하지도 트렌디하지도 않은 사람들이 촌스럽고 당당하게 자신의 밥을 먹는 일이란, 얼마나 한결같고 얼마나 놀랍도록 참신한지를 이렇게 가끔 깨닫는 일은 훨씬 더 경이롭다. 그거야 어디 망원동만의 이야기이겠는가. 남들 다 출근한 대낮에 하릴 없이 동네를 어슬렁거리다 보면 어디서든 볼 수 있는 풍경일 테고, 하필 내가 지금 망원동에 있는 것일 뿐이라는 게 더 진실에 가깝지만. 그래도 나는 망원동이니까 그렇다고 우겨 보는 것이다. 왜냐하면 하필 이 동네에서 하필 이 재미나고 탐나는 밥상을 만나는 시간은 나에게는 유일한 시간이므로. 그러니 하필 이 시간에 마주한 풍경들 역시 내가 아는 가장 망원동다운 풍경이다.

망리단길
불만

　　지피지기라면 백전백승이라고 '경리단길' 견학을 다녀
왔다. 지피는 뭐고 지기는 또 뭔가. 망원동의 포은로 일대에 드문
드문 작은 가게들이 자리 잡기 시작하면서 종종 언론에 망리단
길이라는 이름이 등장했다. 경리단길에서 따온 이름에다가 망원
동의 앞글자를 붙여서 망리단길이란다. 오래된 주택가 골목에,
아무리 봐도 식당이나 술집은 생길 것 같지 않은 곳에 작은 가게
들이 생겨나면서 만들어진 경리단길은 그와 유사한 생성과정을
거친 동네들을 같은 종으로 분류하고 대표하는 명사가 되었다.
이태원 상권이 팽창하면서, 이태원의 임대료를 건디지 못한 젊
은 주인들이 그닥 입지조건이 좋지 않은 외곽을 파고들며 하나
둘 모여들자 거기서 오래된 골목과 개성 있는 감각의 살짝 어긋

나는 조합이 나름대로의 독특함을 만들어 내게 되었는데, 서울 시내 곳곳에 비슷한 곳들이 생겨나고 있다는 말이겠지. 서울대 입구의 봉천동 일대는 '봉리단길', 경주의 황남동 일대는 '황리단길'이라고 부르기도 한단다. 그런데 망리단길도 봉리단길도 황리단길도 다 구리다. 아무 잘못 없는 경리단길에 괜히 적의를 품게 된다. 그래서 지피지기.

사실 말이 그렇지 백전을 할 생각도 백승을 할 생각도 물론 없다. 대체 싸워서 뭘 어쩌자는 것이고, 또 무엇을 가지고 싸운단 말인가. 경리단길은 경리단길이고 망원동은 망원동일 뿐. 나는 그저 경리단길을 따라 망원동을 괜히 망리단길이라 부르는 것이 싫을 뿐이다. 일단 어감이 싫다. 망원동은 바랄 망(望) 자가 가장 어울리는 조합인데 반해, 망리단길은 왠지 망할 망(亡) 자가 어울리는 조합이다. 내 반감이 편견일 뿐이라고 말하면 그것도 그렇지만, 망원동은 망원동일 때 가장 망원동다운 것이니 다른 이름들이 이상하게 들리는 건 당연하다.

망리단길을 가지고 어감 운운하는 것은 괜한 나의 심통이고, 사실 불만의 이유는 다른 데 있다. 경리단길의 이름을 따라 멀쩡한 동네들에 비슷한 이름을 붙임으로써 이 동네들은 경리단길로 카테고리화된다. 내가 너의 이름을 불러줄 때 나는 너에게로 가서 꽃이 된다는데, 꽃은커녕 망원동을 망리단길로 부르면 망원동은 경리단길로 가서 짝퉁이 된다. 이왕이면 원조라거나, 짝퉁이 싫다거나 그런 이야기가 아니다. 경리단길을 대표선수로 내세우고 나머지 동네들을 비슷비슷한 부류로 묶어 버림으로써 이 동네는 그렇게 만들어진 이미지로 뭉뚱그려진다. 그 이미지를 채우는 것은 결국 하루쯤 시간을 내어 몇 군데 식당과 가게 들을 순례하며 맛보는 도시의 소비생활이다. 생활도 사라지고 산책도 사라지고 쇼핑과 구경만 남는다. 세상의 모든 골목과 동네에는 그것이 유지되는 생활의 문법이 있고, 그렇기 때문에 만들어지는 풍경이 있기 마련인데, 경리단길이든 망리단길이든 이들이 한 데 묶임으로써 그 동네는 그저 소비생활의 일회적 터전이 되고 만다.

젠트리피케이션(gentrification)을 우리말로 옮기면 '신사화(紳士化)'라는 것을 알았을 때 이 무슨 괴이한 농담인가 싶었다. 신사처럼 된다는 뜻이 아니고 신사의 것이 된다는 뜻이겠지. 19세기 실크햇을 쓰고 지팡이를 휘두르며 온 세계를 쑥대밭으로 만든 영국 제국주의를 떠올리는 건 자연스러운 연상이다. 그들이 신사의 탈을 쓴 약탈자였다는 것을 이제 모르는 사람은 없다. (흐음 낡은 건물이 이렇게 효자 노릇을 하는군.) 신사적으로 말할 테니 임대료를 두 배로 올리든가, 아니면 다른 곳을 알아 보시오. 법적으로 하자가 없으니 괜히 딴생각은 하지 않는 것이 좋겠지. (임대료를 올려 주고라도 들어오겠다는 세입자는 이미 차고넘치지.) 오래 동네에 터를 잡고 있던 사진관과 세탁소가 없어졌다. 그것으로 끝나지 않을 것이다. 낡고 더러운 건물에 흰 타일을 붙이고 작은 나무 탁자를 갖다 놓고 오밀조밀한 액자와 엽서를 걸고 조명을 달아 반짝이던 파스타 가게도 커피 가게도 이자카야도 쥬얼리 숍도 이 년 후 혹은 사 년 후에는 또 다른 곳으로 밀려날 것이다. 아니면 임대료를 맞추기 위해 물건 값을 올리고 휴일도 없이 일해야 하는 환경 때문에 작은 가게의 예쁜 주인들의 표정은 점점 더 피로에 지쳐 갈지도 모른다.

나는 오래된 설비 가게와 낡은 세탁소와 비건 빵집이 함께 있는 망원동의 풍경이 좋다. 작은 리어카와 진열대 위에 도무지 누가 사 갈지 모르겠는 견과류와 반찬들과 중고물품을 늘어놓은 좌판이 쫓겨나지 않고 자기 장사를 하는 망원동을 좋아한다. 동네 아줌마들이 함께 모여 고구마 줄기와 도라지를 다듬는 걸 쭈그리고 앉아 구경하다가, 이건 데치고 이건 무치고 하는 설명을 듣고 슬그머니 검은 비닐 봉지에 갓 다듬은 채소를 사 들고 돌아오는 산책길이 좋다. 뒤죽박죽에 질서 없이 그러나 무조건 열심인 대책 없는 이 동네가 마음에 든다.

가끔 원두를 사러 들르는 커피 가게의 젊은 주인은 내가 알아듣거나 말거나 싱글 원두와 블렌딩 원두의 차이를, 커피 수확 시기와 산지별 커피 작황을 설명하며 혼자 행복해 죽겠는 표정이다. 다음 달부터는 우리 가게도 로스팅을 할 거예요, 저기서 하면서 손바닥만 한 가게 뒷편을 가리키며 어찌나 자랑스러운 표정인지, 좋은 커피가 들어오면 저한테도 꼭 알려 주세요 하며 맞장구를 칠 수밖에 없다. 어느 누가 어떤 일을 하면서 저렇게 사랑스럽게 흥분하며 살 수 있을까. 할 수만 있다면 가능한 만큼 오래 그 가게를 들락거리면서 별 도움은 안 되더라도 진심으로 맞장구를 쳐 주고 싶다. 여기저기 소문이 나서 줄을 서서라도 먹고 마시겠다고 손님들은 들이닥치는데도, 세상 없어도 일주일에 이틀은 쉬고 열두 시는 되어야 문을 여는 가게 주인들의 영업 원칙이 더 오래 존중받았으면 좋겠다.

그러니 망리단길이니 뭐니 하는 무책임한 이름 붙이기는 이제 좀 그만했으면 좋겠다. 나는 망원동의 고유성이 사라진다든가 그걸 이해하지 않는 것(누가 그걸 다 일일이 이해하랴)이 불만이 아니라, 동네들을 그런 식으로 묶으면서 일회성 소비생활을 조장하고 그것을 무언가 매력적인 일탈로 포장하는 것이 불만이다. 각종 매체에서 그런 식의 소비생활을 포장하는 동안 우리가 도시를 즐길 수 있는 방법은 점점 사라져 간다. 한쪽에서는 숨어 있는 가게와 맛집을 소개하면서 그 동네를 띄우고 또 한쪽에서는 괜히 젠트리피케이션을 들먹이는 맥락 없는 오지랖도 사양하고 싶다. 확실히 경리단길이든 망리단길이든 젠트리피케이션의 결과물이자, 또한 잠재적 희생물이다. 이미 그 희생과 파열은 시작되고 있다. 시민운동이나 도시 정책의 차원에서 이 문제를 해결하는 방법은 여러 가지가 있을 것이고, 또 그와 관련한 실천이 보이는 곳에서, 보이지 않는 곳에서 수행되고 있다는 것도 안다. 하릴없이 동네를 돌아다니는 일 말고는 별로 하는 일이 없는 처지이지만 괜히 픽업하듯 이곳저곳 지명하는 것을 정보 제공이라 생각하는 무신경함에 대해서는 불만이 많다. 뜨는 동네든 가라앉는 동네든 동네가 동네로 존재할 수 있게 하기 위해서, 이름을 자주 제대로 불러주는 일은 생각보다 꽤 중요하다.

경리단길에서 마신 수제맥주는 맛있었지만, 경리단길은 생각보다 근사하지도 재미있지도 않았다. 아닌 게 아니라 경리단길이든 망원동이든 골목골목 간판도 없이 맥줏집이나 밥집이 숨어 있는 것은 비슷했고, 그 동네를 모르는 채로 언론이나 SNS에 픽업된 가게를 찾아 헤매는 일은 꽤 피곤했다. 구글 지도만 쳐다보면서 이 길 저 길 헤매다가 겨우 목적한 장소에 가 닿고 보면 도착했다는 안도감과 함께 뭘 더 해 볼 기력도, 즐길 기력도 증발해 바싹 말라 버린 기분이었다. 그사이 스쳐 지나간 골목길이나 사람들을 돌아볼 여유가 없었던 것은 물론이고. 아무려나

가파른 언덕길을 오르다 보면 등장하는 남산이나, 건너편 언덕길에 층층이 집들이 쌓인 해방촌의 골목길이 재미있어 보이기는 했다. 그러나 나는 이미 기력이 다하여 맥주만 마시다가 돌아왔다. 경리단길 견학은 한 번으로 족하다. 나는 계속 우리 동네에서 놀기로 했다.

웨이팅에
대하여

　　매일 그 앞을 지나다니면서도 '미자카야'나 '태양식당', '주오일식당' 같은 망원동 대표적 명소를 아직 가 보지 못했다. 웨이팅 때문이다. 어쩐지 저길 가 봐야 망원동 탐방이 뭔가 완성도를 얻을 수 있을 것 같지만 아직은 어쩔 수가 없다. 웨이팅 때문이다. 망원시장 뒷편 골목에 자리 잡고 있는 미자카야는 좀 덜하지만 태양식당이나 주오일식당, 그리고 건너편의 '베를린키친' 같은 곳은 주택가 도로변에 자리 잡고 있다. 이차선 도로에 무려 버스가 다니기도 하는 길이니 차가 많지는 않아도 지나가는 차들이 꽤 신경쓰이는 도로이고, 오래된 골목이다 보니 인도는 좁디좁아 그냥 통행하기에도 애로가 있을 정도이다. 그러다 보니 식당에 들어가기 위해 대기를 하려면 좁은 인도 구석에 궁색하게 서서 기다릴 수밖에 없다. 통행에 방해가 된다느니, 차도 때문에 위험하다느니 하는 것으로 궁시렁댈 생각은 없다. 가게는 좁고 들어가고 싶은 사람은 많으니 자연스럽게 줄을 서서 대기할 수밖에 없는 것이고, 줄을 서서라도 들어가고 싶다는 사람들이야 긴 대기시간을 견디며 기다리면 된다. 통행의 불편함이나 위험함은 서로 양해하면서 조심하는 수밖에 없다. 다만 나는 줄을 서서까지 기다려 거기서 먹고 마실 생각이 없을 뿐이다.

먹고 마시는 욕망은 가장 원초적이고 시급한 욕망이므로 특별히 금욕의 위대한 뜻을 품은 게 아니라면 가급적 즉각 충족시켜야 한다는 것이 평소의 지론이다. 전날 술을 마셔서 속이 쓰리다면 해장국을 먹어 줘야 하고, 평소와 달리 기름진 것이 당긴다면 그건 또 바로 그때 먹어 줘야 제일 맛있다. 혼자든 지인을 만날 때든 밖에서 밥을 먹고 술을 마실 때 어떤 것이 좋을까 머릿속에서 메뉴를 세팅하려면 신체와 이성과 감성을 함께 작동시켜 상상력을 최대한 끌어올려야 하는데, 그렇게 메뉴를 결정한 순간 한 시간 이상 기다려야 할지도 모른다는 불안감을 고려하는 것은, 생각만 해도 싫다. 덥고 피곤한 날에, 반가운 사람을 만나 거품 성성한 시원한 맥주를 들이켜려 했는데, 남들 먹고 마시는 것을 창을 통해 바라보며 대기하거나, 아니면 전화번호를 남겨 놓고 한 시간 이상을 배회해야 한다면, 그건 김빠진 맥주를 마시는

것만큼이나 슬픈 일이다. 방법이 없는 것은 아니다. 열두 시에 문을 여는 식당이라면 열한 시 반쯤에, 여섯 시에 문을 여는 식당이라면 다섯 시 반쯤에, 이삼십 분 정도 여유를 두고 방문하면 내 욕망이 숨넘어가기 전에 충족시키는 것이 가능하다. 그러나 애석하게도 내 욕망은 그 정도로 계획적이지가 않다. 게다가 동네 구석구석에는 생각보다 많은 대안이 존재하고 나는 그걸 너무 잘 알고 있다.

딱 한 번 웨이팅을 감수하고 먹을 걸 기다려 본 적이 있다. 딱히 할 일도 없고, 갈 데도 없는 대낮이었고 마침 같이 대기시간을 견딜 친구도 있었으므로 그 어려운 걸 한 번 해 보기로 했다. 점심시간이 지나 있었으니까 기다리는 시간이 그렇게 길지는 않으리라는 기대도 한몫했다. 길을 지날 때마다 항상 늘어서 있는 대기줄이 신기했던 식당이었고, 가게 앞에 걸려 있는 노렌(가게 앞에 걸어 두는 일본식 휘장)이 어찌나 적절하고 산뜻한지, 맛과 멋이 저절로 뿜뿜 풍겨 나와서 나도 모르게 문을 열고 들어가고 싶었던 적이 한두 번이 아니다.

'이치젠'이라는 텐동(일본식 튀김덮밥)을 파는 집이었는데, 평소 텐동을 별로 즐기지 않는데도 이상하게 그 집의 노렌을 보면 불현듯 텐동이 먹고 싶어졌다. 일본식 요리를 맛보는 것이 어렵지 않게 되었는데도 텐동만큼은 흔하게 만나기 힘든 것도 이유가 되었다. 두 시가 가까운 시간이었고 대기자 명단에 올려진 이름도 그리 많지 않아서 기다리기로 결정한 것이었는데, 생각보다 대기시간은 훨씬 길었다.

드디어 오후 브레이크 시간에 임박해서 식당에 입장했다. 뭐 맛에 대한 품평은 가능하지 않다. 어쨌거나 객관적으로 음식을 평할 수 있는 상태가 아니다. 웨이팅 후의 식사는 둘 중 하나이기 십상이다. 그렇게 애타게 한 시간 남짓을 기다리며 허기가 극에 달했으니 고무를 씹어도 맛있거나, 아니면 기다림에 지쳐 뭘 먹어도 감흥이 없거나. 나는 전자 쪽이었다. 덮밥의 생명이라 할 밥의 상태가 좋았고, 갓 튀긴 튀김은 바삭하고 촉촉했다. 너무 달지도 짜지도 않은 소스와의 케미도 꽤 좋았다. 사실은, 그런 것을 생각할 겨를도 없이 폭풍 흡입했다.

묘하게 불친절하고 묘하게 친절한 집이었다. 대기자에 대한 배려는 거의 없다. 좁은 인도에 줄을 서야 하는 탓이기도 했지만 앉아 기다릴 만한 의자는 몇 개 없었고, 보행에 방해가 되지 않기 위해서는 엉거주춤 집과 집 사이의 골목이나 문 옆에 바싹 붙어 눈치를 볼 수밖에 없었다. 얼마나 기다려야 할지, 메뉴는 어떤 것이 있는지 미리 알려주지도 않았다. 대기자의 이름을 두 번 부를 때까지 나타나지 않으면 가차 없이 다음으로 넘어갔다. 내 돈 내고 내 시간 써서 먹는데, 뭔가 심기를 거스르지 않아야 할 것 같아 조심스러웠다.

기다린 끝에 입장을 하고 나서도 음식은 금방 나오지 않았다. 한 명이 요리를 하고 한 명이 설거지를 하거나 주문을 받는 그 밖의 일을 하고 있었다. 일하는 사람들이 정해 놓은 질서가 있는 듯했고, 그들은 그 질서에 따라 조용히 엄격하게 움직였다. 드디어 입장한 기쁨에 들떠 주문을 하려고 '저기요' 하고 손짓을 했으나, 냉큼 주문을 받으러 오지도 않았다. 뭐랄까, 너무 오래 기다려 혼미한 정신으로 학학대고 있는데, 엄격하고 단호한 "안 돼, 기다려~" 하는 소리를 들은 기분이랄까. 시무룩하고 얌전하게 와 줄 때까지 기다렸다. 그들에게는 먼저 처리해야 할 일이 있었던 것이다. 바 형태로 된 식탁을 정리하고, 먼저 주문한 손님에게 음식을 갖다 주고, 다음 손님에게 나갈 그릇을 준비한 후에야 주문을 받아 '주었다'.

주문을 받고 나서야 요리가 시작된다. 내가 주문한 이치젠 텐동에는 새우와 오징어, 가지와 단호박 등의 야채튀김이 밥 위에 얹힌다. 오래 걸리는 해물을 먼저 넣고 그다음 야채, 튀김 위에 바삭하고 보슬보슬한 부스러기가 잘 생기게 하기 위해서 긴 젓가락으로 반죽을 계속 끼얹어 준다. 잘 튀긴 재료를 망 위에 건져 놓고 밥을 푸고 그 위에 튀긴 재료를 얹고, 반죽옷을 입혀 튀긴 김, 날계란에 반죽을 입혀 튀긴 온천계란을 얹어 소스를 뿌리면

끝. 맥주를 먼저 하나 시켜 마시면서 오픈된 주방에서 재료를 하나하나 튀기는 모습을 바라보는 재미도 괜찮고, 각각의 재료를 한 입씩 바삭바삭 맛보는 재미도 쏠쏠하다. 새우나 오징어는 연하면서 통통하고, 연근이나 단호박, 가지 튀김의 맛도 각별하다. 튀김이라면 구두를 튀겨도 맛있다는데, 한 입만 먹어 봐도 좋은 재료를 엄선한 것이 분명한 튀김덮밥이야 말해 무엇하랴. 주문을 받고 하나하나 정성을 다해 튀기고, 가장 맛있는 식감과 온도를 생각하며 순서대로 음식을 내 오는 것을 기다리다 보면, 내가 왜 그렇게 안달을 했나 싶다. 대기시간이 긴 데는 다 이유가 있었던 것이다.

가게는 좁고, 음식은 맛있고, 주문을 받으면 조리가 시작되니 대기시간이 길 수밖에 없다. 문밖에서 대기하는 고객들에게 지나치게 신경을 쓰면 안에 있는 손님이 불안해진다. 얼른 먹고 나가야 하는 것이 아닌지, 안절부절하며 밥을 먹다 보면 맛을 제대로 즐길 수가 없다. 불친절하다 싶을 정도로 대기 고객들에게 무관심한 것은 안에 있는 손님들이 최대한 맛있게 밥을 먹을 수 있게 하기 위한 배려였다. 이 집의 친절과 불친절은 최대한 맛있는 식사를 대접하려는 원칙 위에서 만들어진 질서이자 리듬 같은 것이었다. 지루하고 불편한 기다림과 맛있고 고요하고 느긋한 식사 사이의 칸막이 같은 것이라고나 할까. 웨이팅이 긴 집을 지

가게
앞에
걸려 있는
노렌이
어찌나
산뜻한지

맛과
멋이
저절로
뿜뿜

나다니며 불안해 저기서 어떻게 밥을 먹나, 저렇게 기다려야 할 만큼 맛있을라나 투덜거렸던 내 불만은 멋대로 상상하고 단정한 편견이었다. 거기에는 나름대로 거기에 맞는 가장 적절한 질서가 있었던 것이고, 그 질서를 만들고 운영하는 것은 손님보다는 그 가게의 주인들이다. 다시 길고 긴 시간을 기다려 이 집에서 다시 밥을 먹을지 어떨지는 모르겠지만 성급한 불평불만에 대해서는 일단 반성.

오늘은 웨이팅의 날이니, 디저트도 웨이팅에 도전해 보기로 했다. '이치젠'만큼이나 웨이팅으로 악명이 높은 '커피가게 동경'. 이 집의 아인슈페너가 맛있다는 소문은 익히 들어 알고 있었으나 쉽게 방문할 엄두를 내지 못했다. 웨이팅 때문이다. 저기에 어떻게 커피집이 있을라나 싶은 지하에 자리 잡은, 자세히 보지 않으면 발견할 수 없는 간판도 없는 가게. 지하로 향하는 계단을 한참 내려가면 조용한 음악과 커피향이 흘러나온다. 가게 안에 올망졸망 커피를 기다리는 손님들이 있고, 서너 개의 테이블과 카운터가 있고, 커피를 마시는 공간보다 더 큰 공간을 차지한 로스팅 기계가 있다. "테이크아웃이 아니라면 기다리셔야 해요. 카운터에 앉으실 수도 있는데 조금 불편합니다." 커피가게 주인은 친절하고 정중하게 이렇게 말하고서 다시 조용히 할 일을 한다. 기다림을 포기하고 나가거나 기다리거나 그건 나의 선택. 먼저 주문을 하고 얌전하게 기다렸다. 맛있는 걸 먹으려면 조용히 서두르지 않고 기다려야 한다는 걸, 금방 배웠으므로.

커피 위에 생크림이 얹어진 커피는 커피맛을 모르던 시절에 비엔나 커피 같은 것을 마셔 본 것이 전부이고, 커피는 오로지 아메리카노나 드립만 마시는 내 입맛에도 이 집의 아인슈페너는 일품이었다. 거품은 쫀득하게 커피 위에 얹혀 흩어지지 않았고, 느끼하거나 퍼석한 맛 없이 알맞게 달고 담백했다. 베이스가 되는 커피는 조금씩 녹아 섞이는 크림과 딱 어울리게 쓰면서도 깊이가 있었고 단맛은 커피와 분리되어 훅 들어오는 법 없이 조용하고 은밀하게 커피 안에 녹아 있었다. 커피를 다 마실 때까지 크림은 흩어지지 않았으므로 커피는 끝까지 거의 처음의 맛과 같았다. 먼저 다녀온 '이치젠'이나 '커피가게 동경'이나 주인장들은 무슨 수양을 하듯이 음식을 튀기고 커피를 내렸다. 기다린 시간의 피곤과 지루함보다는 기다림 끝에 오는 바삭하고 달콤한 만족감이 더 큰 것은 분명하다.

단 것이 당길 때면 가끔 '커피가게 동경'의 아인슈페너가 생각난다. 커피라면 테이크아웃도 가능하므로 산책길에 들러 본 적도 있다. 일요일, 월요일은 쉬고 낮 열두 시가 되어야 문을 여는 이 집의 영업시간은 항상 나와 엇갈린다. 아침 산책길에 진하면서 은근히 달달한 커피와 부드러운 생크림을 맛보고 싶어 하는

커피가게 동경

13:00 - 22:00
(Last Order 21:00)
휴무:일요일, 월요일

내 입맛은 번번이 좌절한다. 여전히 굳이 줄서서 기다리면서까지 커피를 마시고 밥을 먹을 생각은 없지만, 웨이팅에도 나름 품격이 있다는 것을, 굳이 웨이팅을 하는 데는 그럴 만한 이유가 있다는 것을 이제는 안다. 성급한 불평불만은 더 이상 하지 않는다. 맛있는 가게의 주인들이 앞으로도 계속 웨이팅의 품격을 지켜주기를 바랄 뿐이다. 언젠가 느닷없이 마음이 내킬 때면 나는 조용히 긴 줄의 끝에 서서 입맛을 다시며 불평 없이 기다릴 용의도 있다.

백반집을
찾아서

나는 끼니때는 꼭 밥을 먹어야 하는 종족이다. 달고 부드러운 것들로 당을 보충한 다음에도 여전히 흰밥을 반찬과 함께 꼭꼭 씹어 먹어야 뭔가 먹은 것 같은 포만감을 느낀다. 밥과 국을 꼭 함께 먹어야 하는 토종 아재 입맛이니 제일 좋은 것은 어머니가 차려 주는 집밥이다. 어머니랑 함께 살지 않으니 내 스스로 해결해야 하는데, 어쩌다 한가하거나 마음이 내킬 때를 빼고 내가 그런 반찬거리를 상비해 놓고 있을 리 만무하다.

말이 나왔으니 말이지만, TV 드라마나 요리 예능, 심지어 문학 작품에 이르기까지 밥과 국, 반찬들로 구성된 집밥을 예찬하는 걸 볼 때마다 혼자 화를 낼 때가 많다. 그걸 다 차리려면, 그것도 어쩌다 이벤트가 아니라(집밥은 어쩌다 이벤트가 불가능한, 일상적 준비와 습관이 필요한 차림이다) 그걸 매일 먹으려면 정말이지 아침 먹고 점심 걱정하고 점심 먹고 장 보러 가야 하는 뼛속까지 프로주부가 상주하고 있어야 가능하다. 바쁜 엄마들에게 감히 요구해서도 안 되고, 나 혼자 그걸 해 내려고 애쓸 필요도 없다. 제일 좋은 건 사 먹는 거다. 그러니 어떤 동네든 정착하자마자 급할 때 방문할 수 있는 쓸 만한 백반집을 수배해 놓는 것은 필수적이다.

좋은 백반집의 조건은 일단 상태가 좋은 밥이 나와야 하고, 기본 반찬이 적절하게 갖추어져 있어야 한다. 보통은 김치찌개나 된장찌개 같은 것을 시키면 반찬이 딸려 나오는데, 사실 백반집의 관건은 이 반찬이다. 한 밥상에 같이 나온 반찬들이 짜고 맵고 시고 싱거운 맛의 조화, 부드럽고 아삭하고 쫄깃한 식감의 조화를 이룬다면 더 바랄 것이 없다. 말이 쉽지 만만한 일이 아니다. 칠천 원이 넘으면 심리적으로 부담을 느끼게 되는 백반집에서 메인 요리 말고도 서너 가지 반찬의 조화를 생각하며 밥상을 차려 내려면 여러 가지 제약이 있다. 재료값이 너무 비싸도 안 되고, 저렴하되 반찬 가짓수와 퀄리티를 유지하려면 그만큼 손님이 찾아 줘서 그날의 반찬을 다 소진할 수 있어야 한다. 김치가 맛있으면 감사하고, 다른 반찬들이 그래도 너무 짜거나 묵은 티를 내지 않으면 일단 합격이다. 매일 새로 하지 않아도 되는 김치, 마른 반찬(멸치볶음이나 진미채무침 같은)을 기본으로 하고 매일 새로 하는 반찬이 두세 가지만 더 있다면 그 집에서 다른 걸 더 바라면 안 된다. 기름을 바르지 않고 구운 김이나 달걀 프라이 같은 것이 추가되면 그저 행복할 뿐.

　대체로 반찬이 맛이 없으면 찌개류나 볶음류 같은 메인 메뉴도 만족도가 떨어지게 마련이다. 된장찌개나 김치찌개도 염도가 높아서 짠 음식인데, 젓갈이나 김치, 마른 반찬 같은 것도 짜고 맵기만 하면 왠지 서러운 기분이 든다. 배가 고프니까 더 서럽다. 뭐랄까. 찌개도 짜고 반찬도 한 번 해 두면 오래 먹을 수 있는 짜고 매운 반찬만 있으면, 그 집의 주인장은 내가 뭘 먹거나 말거나 관심도 없고, 그저 주문 받고 가짓수 채워 내 놓기만 하면 되는 걸로 생각하고 있는 것 같아서, 어쩐지 푸대접을 받는 것 같아 서럽다. 맛깔나는 김치에, 그날 무친 콩나물이나 시금치나물 같은 것이 있고, 좀 오래 두어도 괜찮은 마른반찬이 있으면 구운 두부나 계란말이 같은 부드럽고 따뜻한 반찬도 한 가지 있고 그러면 어쩐지 이 집 주인장이 나의 식사를 걱정해 주고 있는 것 같은 기분이 들어 마냥 고맙다. 짠 것만 먹어 입이 쓰지 않을까. 꼭꼭 씹어야 되는 반찬이 있으면 부드럽게 홀홀 넘어가는 반찬도 있어야 하고. 고소한 맛을 생각해서 참기름을 쓰고 새콤하게 입맛을 돋우는 초무침도 있어야 하고. 이런 걸 생각하면서 그날의 백반 메뉴를 구상했을 거라 생각하고 있으면 어쩐지 식당을 전전하며 밥을 먹고 있는 내 신세도 꽤 뿌듯해지는 것이다.

마음에 맞는 백반집을 찾기가 쉽지 않다. 사무실이 몰려 있거나 인근의 직장인이 고정 고객이 되어 주면 좋겠지만, 망원동은 그러기에는 어중간한 동네다. 파스타나 덮밥 같은 한 그릇 음식으로 이름난 가게들이 자꾸 생기다 보니 고객들의 기대도 거기에 맞춰진다. 어느 동네에나 있는 고깃집이나 족발집 같은 걸 빼고, 백반집이 특화하여 자리 잡기가 힘든 조건이 되고 있다.

물론 한강 쪽에 돼지불백으로 꽤 알려진 기사식당이 있고, 망원우체국 네거리 쪽에 실한 순대와 고기 부속이 듬뿍 들어간 순댓국밥집이 있지만 나는 어지간하면 고기를 먹지 않는다. 빌어먹을 입맛을 충족시키기에는 입지 조건이 좋지 않다. 이 집 저 집을 전전하며 여전히 뭔가 부족해 입맛을 쩝쩝 다시면서, 제발 통깨라도 좀 넉넉히 뿌려 줬으면 좋겠다고 생각한다.

음식은 입으로만 먹는 것이 아니라 눈으로도 먹는 것이다. 김치도 젓갈도 오징어채무침이나 깻잎절임 같은 반찬도 모두 벌겋기만 해서 까끌한 입맛에 영 식욕이 돌지 않는다. 재료값을 생각하고 회전율을 생각하며 어쩔 수 없이 가성비 좋고 손 덜 가는 반찬류를 내놓는다 해도, 무언가 아쉽고 허전해서 통깨라도 넉넉히 뿌려 놓는 마음 씀씀이가 있다면 그 집 반찬은 틀림없이 먹을 만하다. 콩나물에 당근채라도 살짝 섞어 놓고, 마른반찬류에 청양고추나 붉은 고추라도 뿌려 놓는다면 그건 식사를 만드는 사람이 밥 먹는 사람을 배려하는 마음을 기본적으로 갖추고 있다는 증거다.

망원우체국 네거리 뒤쪽에 자리 잡은 '수창골추어탕'은 뭔가 전력질주를 하고 나서 기력을 좀 보충하고 싶을 때 가는 집이다. 해장국으로도 물론 좋다. 추어탕에 들어가는 미꾸라지는 중국산이고 국물이 빡빡하게 건더기가 튼실하지도 않다. 육천 원짜리 추어탕(최근 육천오백 원으로 올랐다)에 국산 미꾸라지나 빽빽하고 든든한 건더기를 애초부터 기대하지는 않았다. 그래도 시래기나 부추 등속이 꽤 괜찮게 들어 있고, 미꾸라지의 비린 맛도 없으며 간도 너무 세지 않아서 먹을 만하다. 무엇보다 좋은 것은 김치 깍두기 말고도 매일 그날 만든 반찬이 한두 가지는 꼭 나온다는 것이다. 숙주나물이나 상추겉절이 같은 것이 잘 나오는데 금방금방 무쳐 낸 신선함이 살아 있다. 가끔 오이무침이나 미역줄기볶음 같은 반찬이 나올 때도 있는데 역시 간도 알맞고 식감도 딱 좋다. 추어탕이 걸쭉하고 무거운 음식이다 보니 주로 야채 종류로 가볍게 먹을 수 있는 반찬이 딸려 나오는 것도 마음에 든다. 먹는 사람이 한 끼 식사를 제대로 마치기 위해 필요한 것이 무엇인지를 생각하는 밥상이다. 물론 통깨나 마늘, 양파 같은 곁들이는 양념도 아끼지 않는다.

망원역에서 기업은행 네거리 쪽, 안쪽 골목길에 자리 잡은 '박가네'는 원래 고깃집이다. 삼겹살을 주로 파는 것 같은데, 물론 나는 먹어 본 적이 없다. 점심때는 주로 찌개류를 중심으로 점심 장사를 한다. 지금까지 내가 찾은 백반집 중에는 이 집이 최고인 것 같다. 통깨는 물론이고 매일 나오는 반찬이 거의 감동 수준이다. 들깨가루를 듬뿍 넣은 토란대무침, 가지나물, 오이와 꼬막무침, 미역초무침과 간단한 전류까지, 나오는 반찬들이 모두의 꿈과 희망, 집밥의 메뉴 그대로다. 어머니가 해 주는 집밥보다 훨씬 맛있다. 밤늦게까지 일하고 늦게 일어나 아침 겸 점심으로 동태찌개나 시래기해장국, 반찬을 골고루 먹고 나오면 비로소 잠이 깨고 하루를 시작할 수 있을 것 같은 기분이 된다. 심지어 반찬을 다 먹고 나면 셀프리필도 가능한데, 언젠가 반찬을 다시 채워 가져오려다가 함께 밥을 먹던 친구에게 퉁을 먹었다. 칠천 원짜리 동태찌개 시키고 그렇게 반찬을 흡입하면 이 집은 뭐가 남겠느냐는 거다. 아껴 먹고 자주 가면서 제발 오래오래 문 닫지 않고 영업을 해 주길 바랄 뿐이다. 그러자면 돈 안 되는 백반 말고 삼겹살이 많이 팔려야 하는데, 나는 안 먹는 삼겹살을 동네 사람들이 많이많이 먹어 주었으면 하고 혼자 안달복달 중이다.

망원 우체국네거리에서 망원 유수지 쪽을 향해 한참 가다 보면 망원시장 입구가 나오고, 거기서도 직진으로 제법 가다 보면

173

생선구이집 '청어라'가 있다. 베란다도 제대로 갖춰지지 않은 좁은 빌라 부엌에서 생선을 구워 먹는 일은 아무래도 부담스럽다. 부지런하지 않아서 가스렌지 주변에 튀는 생선기름을 닦기도 번거롭고, 잘 빠지지 않는 생선냄새는 너무 오래 내가 생선을 먹었다는 표시를 내며 집 안에 머물러 있다. 일부러 찾아가기는 좀 멀지만 가끔씩 살이 통통한 생선구이를 먹고 싶으면 '청어라'에 간다. 무엇보다 좋은 것은 가게 바깥으로 생선을 굽는 그릴이 빠져나와 있어서 가게 안에서 생선 냄새나 연기를 덜 맡아도 된다는 거다. 가게 안에는 제법 커다란 화덕과 가마솥이 있다. 점심 식사는 가마솥밥을 한다고 하는데, 그래서 밥상에는 꼭 누룽지가 같이 나온다. 고등어구이나 삼치구이 같은 것이 제법 실해서 밥 한 공기를 다 먹어도 남을 만큼 거뜬하다. 고기를 잘 먹지 않으므로 단백질을 보충하려면 아닌 게 아니라 주기적으로 생선구이라도 먹어 줘야 한다. 같이 나오는 반찬들도 정갈하고 삼삼한데, 생선구이와 어울리는 반찬이고 묵은 반찬이 없어서 좋다. 양배추쌈이나 된장으로 무친 배추나물 같은 것이 삼삼한 생선구이와 함께 먹기 딱 좋다. 어떤 반찬도 짜지 않아서 먹고 나면 포만감도 제대로이고 된장국과 누룽지까지 함께 나오니 속이 편하다. 뭔가 건강식을 먹었다는 기분이 든다. 한강으로 나가 달리기라도 하고 돌아오는 길에 생선구이 정식을 먹고 나면 어쩐지 건강하고 건전한 생활인이 된 느낌이다.

합정역 쪽 영진시장 입구에 있는 '고향식당'은 밥 먹으러 일부러 걸어가기는 좀 멀어서 목욕탕에 가는 날 주로 간다. 목욕을 하고 개운하게 때도 밀고 국과 밥과 반찬류가 제대로 나오는 정식을 먹는 것이 시간이 좀 나는 날의 코스다.

따로 주문할 것 없이 그날 그날 정해진 메뉴대로 밥이 나오는 말 그대로의 백반정식집이다. 어느 날은 커다란 부침개가 금방 구워져 따끈하게 나오고 어느 날은 고등어조림이 나온다. 갓 담근 김치, 간장에 슴슴하게 조린 두부, 가지무침 같은 서너 가지의 반찬이 딱 떨어지는 집밥 밥상을 만든다. 가게 입구에 있는 주방에서는 영업시간 내내 반찬을 끓이고 볶고 무치고 있다. 그래서 언제 가도 항상 따뜻한, 갓 만든 반찬이 나온다. 금방 만든 반찬은 웬만하면 다 맛있다. 게다가 빠지는 것 없는 제대로 된 정식 한상 가격이 오천 원이니, 미안할 정도로 가성비가 좋다. 별로 가본 적은 없지만 소설이나 드라마 같은 데서 본 함바집이 이런 분위기이지 않을까. 주문을 하고 받을 필요 없이 자리를 찾아 앉으면 금방 뚝딱 사람 수에 따라 밥상이 차려져 나온다. 반찬은 얼마든지 더 갖다 먹어도 되지만 밀려드는 손님들을 쉴새없이 받아야 하므로 리필은 셀프다. 빈 접시를 가지고 오픈된 주방으로 가서 먹고 싶은 반찬을 배급받아서 더 가지고 와 먹는다.

한 테이블이라도 손님을 더 받아야 식사의 사이클과 경영의 손익분기가 함께 유지될 것이므로 손님도 빨리 움직이고 점원들도 빨리 움직인다. 그래도 특별히 불친절하거나 필요 이상으로 서두른다는 느낌을 받아 본 적은 없다. 제대로 준비하고 맛있게 먹고, 손님이나 주인이나 먹기 위해 필요한 가장 기본적인 일들을 충실히 해 낸다. 군더더기가 없다. 통깨 같은 것을 굳이 따질 필요 없이 자체로 충분히 만족스러운 밥상이다. 길 건너에는 '딜라이스퀘어'가, 바로 앞에는 유명 프랜차이즈 식당이 빼곡한 '메세나폴리스'가 있는 합정역 번화가 뒤쪽에 이런 식당이 아직 밥상을 차리고 있다는 사실이 그저 감사할 따름이다.

이 정도면 일대를 살살이 뒤졌다. 그래도 아직 생존을 위한 백반집 찾기는 끝나지 않았다. 어느 날은 '수창골'의 추어탕을 먹고, 어느 날은 '박가네'의 동태찌개를 먹고, 좀 멀리 가 볼 엄두가 날 때는 '청어라'나 '고향식당'을 가고, 가까운 데 한두 군데 더 염두에 둘 수 있는 집이 있으면 딱 적당하다. 대단한 것을 바라는 것도 아닌데, 길 가다가 쓰러지기 전에 도착해야 하므로 너무 멀면 곤란하고, 오매불망 통깨만이라도 제대로 뿌려 주는 집, 나는 아직도 백반집 찾기를 포기하지 않았다.

무언가 아쉽고
허전해서 통깨라도
넉넉히 뿌려 놓는
마음 씀씀이가
있다면

영혼을
데워 주는
카레덮밥

처음에는 냉소바를 먹으러 갔다. 면요리는 별로 좋아하지 않는 편인데(사실은 끼니때는 웬만하면 밥을 먹어야 하는 밥순이다), 그래도 메밀로 된 면은 자주는 아니더라도 가끔 생각이 난다. '을밀대'의 툭툭 끊기는 평양냉면도 좋아하고, 자주 맛보기는 어렵지만 메밀로 된 막국수의 면도 좋아한다. 소바라고 하면 메밀로된 생면을 쯔유에 적셔 먹는 판모밀이 제맛이지만 사실 이건 정말로 품질이 좋은 메밀면이 있을 때만 맛있게 즐길 수 있다. 구수하면서도 약간 쌉싸름하고 밍밍한데 뒷맛은 약간 달큰하기도한 메밀면을 제대로 즐길 수 있는 곳은 많지 않다. 메밀면의 진짜맛은 입안으로 저항 없이 매끌매끌하게 딸려 올라오면서 또 저절로 툭툭 끊어져 목구멍으로 넘길 때쯤엔 목젖 부근에서 입안에 가득 차는 충만감이 오는 식감에 있다. 찰기 있게 쫄깃쫄깃 씹히는 식감으로 맛을 커버하는 밀가루와 다르게 메밀은 밋밋하고 은근한 맛을 느끼는 데 방해가 되지 않을 정도로 느슨하고 무던한 식감을 가졌는데, 그 식감이 딱 좋을 정도의 적정함을 유지할 때 메밀면의 맛은 최고조에 이른다. '츄릅츄릅 꿀꺽'이랄 수 있는 면류의 식감은 역시 메밀면이 최고다.

맛있는 것을 좋아하지만 찾아다니면서 먹을 만큼의 열정도, 먹어 본 자만이 맛을 아는 경험치도 낮아서 남는 것은 맛을 상상하는 능력뿐, 춘천 어디에서 먹어 본 막국수, 도쿄의 간다(神田) 어디에서 먹어 본 판모밀의 경험 정도를 기반으로 맛의 최고치를 상상해 왔다. 그러다 보면 최상의 메밀면이 마치 이루어질 수 없는 꿈인 듯 머릿속에 자리 잡게 되고 결국 남는 결론은 그건 현실에 없는 맛일 거야 하는 자기부정이거나, 대체의 맛에서 즐거움을 찾는 현실긍정이다. 나는 원래 낙관적인 사람이므로 대체품은 적당한 퀄리티의 메밀면에다 맛있는 육수를 부어 시원한 국물을 함께 마시는 냉소바. 특히 더운 여름날 소나기가 내린 후의 덥고 눅눅한 날씨에는 가볍고 편안한 메밀면과 얼음이 서걱서걱한 소바 육수가 제격이다.

소바식당의 메밀면이 상상 속에만 존재하는 기대감을 충족시켜 줄 리는 없었다. 육수 역시도 만족스럽지는 않았는데, 내 입맛

에는 좀 달았다. 이런 경우에는 얼음이 적절하게 배어든 차가운 메밀면의 촉감과 시원한 국물맛으로 만족해야 하는데, 이것 역시 여의치 않았다. 주인장의 푸짐한 인심 때문이었겠지만 면의 양이 너무 많았고 그에 따라 국물 양마저 많았는데, 메밀면을 충분히 차갑게 식히지 못한 탓인지 살얼음이 끼어 있는데도 불구하고 면의 속속들이 차가운 육수가 배어들지 못했다. 겉은 차갑지만 먹을수록 미지근해지는 바람에 면은 급속히 불었고 그래서 먹어도 먹어도 양이 줄지 않았다. 결국 남은 국물까지 미지근해져서 면을 추릅추릅 후루룩 먹고 마지막 차가운 국물로 입가심까지 끝내려던 계획은 무산되었다.

늘 주장하는 말이지만 예쁜 것들, 맛있는 것들은 까다롭다. 조금씩 비위를 맞춰 가며 담아내고 맛보고 즐겨야 한다. 싸고 맛있고 푸짐한 것은 없다. 조금 아쉽고 부족하더라도 맛있는 것들은 조금씩 자주 맛보아야 한다. 한 젓가락에 후루룩 촵촵 먹고 국물을 다 마실 때까지 예쁜 여운을 남기려면 이 집의 냉소바 양은 절반으로 줄어야 한다. 물론 그러려면 메밀면의 품질이나 국물의 맛에 더 신경을 써야 하겠지만.

그러나 나는 이 집을 포기하지 않았다. 냉소바는 아쉬웠지만 무언가 다른 것이 더 있을 것이라고, 냉소바의 퀄리티를 근거로 판단을 내려서는 안 되는 집이라는 강력한 촉이 왔다. 원래 음식점이나 술집에 대한 촉이 좀 있는 편이다. 이상하게 지나다니다 보면 눈이 가는 집들이 있고, 그런 집은 반드시 들어가서 맛을 보는 편인데 성공률이 좀 높다. 신기가 있다거나 하는 것은 물론 아니고, 집중력도 관찰력도 아니고, 오로지 나에게 남다르게 주어진 능력이란 집요한 식탐이다. 무언가 더 맛있는 것을 먹고 싶다는 집요한 욕망.

　가게의 판단 기준이라는 것이 한 마디로 간단하게 정리되지는 않는다. 굳이 말하자면 가게의 외관과 인테리어와 문밖에 내걸린 메뉴판과 기타 등등의 분위기가 전달하는 기운인데, 그게 무조건 가게가 깔끔하거나 인테리어가 눈에 띈다거나 하는 식으로 말하기도 곤란하다. 인테리어 업자가 정해진 콘셉트로 만든다고 해도 만들어지지 않는 독특한 개성, 요리를 하거나 가게를 경영하는 사람이 무언가 자기 기준과 철학으로 손님에게 말을 걸고 있는 듯한 느낌적인 느낌이랄까. 외관은 지나치게 허름한데 메뉴가 드물게 꼼꼼하다든가, 혹은 가게 앞을 장식하는 선전 문구나 작은 장식이 뭔가 자신감을 갖고 있는 것처럼 보인다든가 하는 경우도 있지만 아무 이유가 없을 때도 있다. 오로지 맛있는 것을 상상하는 한결같은 마음, 지나치다 눈에 띄는 것들에 그 한결같은 마음을 바로 연결시키는 직관력이라나 뭐라나.

　하여튼 소바식당은 냉소바 하나로 포기하기에는 아까운 외관을 지녔다. 지나치게 단정하고 깔끔하게 일본식 소바집의 분위기를 풍겼는데, 그것을 인테리어 콘셉트라 보기에는 디테일이 매우 정교했고, 창밖으로 건너다보이는 식탁이나 거기에 앉아 있는 손님들마저 가게의 분위기와 반듯하게 어울렸다.

종일 강의를 하고 난 어느 저녁 날이었다. 하루 종일 말을 하고 학교를 돌아다니다 오면 육체적 피로만이 아니라 정신적 피로까지 겹쳐져서 좀 진이 빠지는 기분이 된다. 노동 후에는 시원한 맥주 한 잔이 생각나기 마련이고 적당히 배도 고픈데, 집에 가서 먹을 걸 꺼내고 차릴 기력은 남아 있지 않았다. 무언가 따뜻한 것이 먹고 싶어서 소바식당에 들렀다. 온소바도 있었지만 이 집에서 소바는 냉소바를 맛본 것으로 충분하다고 생각했던지라 메뉴 중 가장 따뜻해 보이는 카레덮밥을 시켰다.

한 입 떠 먹는 순간, '흐으응~' 하고 나도 모르게 눈을 감으며 짧은 한숨을 내쉬었다. 카레라이스가 아니라 카레덮밥. 잘 지은 밥에 카레가 끼얹어져 있는데 이 카레의 맛이 정말 절묘했다. 카레의 맛을 내는 베이스인 강황의 맛이 진하지 않아서 맵고 자극적이라기보다는 부드럽고 따뜻한 맛인데, 아닌 게 아니라 밥을 다 먹을 때까지 카레는 식지 않고 적당하게 따뜻한 채로였다. 우유와 생크림을 함께 넣은 것 같은데 그 배합이 적절해서 느끼하거나 싱겁게 느껴지지도 않았다. (혼자서 호들갑을 떨며 끝까지 먹고 사장님께 여쭤 봤더니 역시 우유와 생크림을 함께 쓴다고 했다.) 그러나 더 감동적인 것은 디테일이다. 카레에 들어가는 새우, 야채가 이렇게나 하나하나 자기의 맛을 내면서 적절하게 존재감을 유지하는 카레 덮밥을 먹어 본 적이 없다. 무릇 카레란 굴러다니는 야채를 다 넣어도 별로 표가 나지 않고 끓일수록 맛은 더 진하게 우러나서 감자든 당근이든 적당이 으깨진 맛으로 먹는 것이 아니었던가. 새우는 통통하고 탄탄한 속살이 살아 있었고 동그랗게 돌려 깎은 감자 당근 호박은 전혀 부서지지 않고 매끌매끌하게 딱 한 입 크기로 입안에서 뱅글뱅글 돌면서 탱글거리다가 다 씹어 삼킬 때까지 신선한 식감을 유지했다. 이건 그저 둥글게 깎아 카레와 함께 끓인 것이 아니라 따로 소금물에 데쳐서 기름에 살짝 볶은 다음 끓기 직전의 카레에 넣어 섞은, 한 땀 한 땀 정성이 가득한 야채다. 덮밥 위에 얹어진 어린 잎채소들은 간혹 사각사각 씹히면서 익은 재료들에는 없는 신선함을 보너스처럼 보태 주었다.

카레덮밥을 먹는 동안 나는 세상 누구보다 까다로운 미식가였고, 카레덮밥은 오로지 내 까다로운 입맛을 맞추기 위해 전전긍긍하며 셰프가 내놓은 식사였다. 그러나 순서가 틀렸다. 미식가가 맛을 알아보는 것이 아니라 맛있는 음식이 나를 저절로 미식가가 되게 한다. 한 그릇의 밥으로 육체의 피로뿐만 아니라 영혼의 피로까지 다 풀렸다. 맥주까지 한 잔 마신 나는 노곤하게 마음이 풀려 발끝까지 위로받은 기분으로 식당을 나설 수 있었다.

음식 맛도 맛이지만 이 집은 분위기가 갑이다. 창가에 앉아 밥을 먹다 보면 망원시장 초입의 오래된 골목마저 정겹고 아련해 보인다. 비라도 오는 날에는 조용조용 가만히, 오래 말하고 내 말을 들어주는 다정한 사람과 함께하는 것이 어울린다. 물론 그런 애인이 있다면 더 좋고. 명란구이나 고로케 같은 간단한 안주를 시켜 놓고 따뜻한 사케를 마시는 것도 좋겠다. 그래도 생맥주는 다른 것이 있으면 좋겠다. 산미구엘 같은 무던한 맛과 이 집의 요리는 잘 어울리지 않는다. 덮밥의 생명인 밥의 상태가 좋은 편인데 카레덮밥을 제외한 다른 덮밥에는 후리카케가 비벼져 나오는 것도 좀 불만이다. 모름지기 덮밥이란 질지도 되지도 않은 새하얀 쌀밥과 신선한 재료가 함께 어울리는 맛이 기본이다. 사장님, 연어도 명란도 훌륭하고 밥도 딱 좋아요. 제발 후리카케와 참기름은 좀 빼 주세요. 그래도 카레덮밥이 그대로 있는 한, 나는 내 영혼의 기력이 쇠해질 때마다 이 집에서 카레덮밥을 먹을 것이다.

짬뽕 없는
중국집

다시 말하지만 맛있는 집을 알아보는 촉이 좀 있는 편이다. 골목 뒤쪽에 중식당 '진진'의 내부공사가 진행되고 가게의 규모보다 훨씬 큰 간판이 걸릴 때 동네에 괜찮은 중국집이 생기려나 보다 하고 생각했다. 어디서 들었는데 한국인이 하루 소비하는 짜장면이 육백만 그릇이라고 한다. 매일 인구의 칠분의 일이 짜장면을 먹는다는 얘기다. 중국음식을 좋아하거나 싫어하거나 짜장면은 기묘하게 한국인의 소울 푸드다. 졸업식 때는 가족들과 함께 탕수육을 특식으로 한 짜장면을 먹고 이삿날에는 바닥에 신문지를 펴고 짜장면을 먹는다. 무언가 온 가족이 모여서 큰 행사를 치러야 할 때, 짜장면은 기억의 촉매처럼 끼어든다. 비가 오거나 뭔가 색다른 것이 먹고 싶을 때, 다 아는 맛인데도 짜장면의 기름 맛이 그렇게 그리울 수가 없다. 짬뽕과 짜장면은 결정장애자들의 영원한 숙제라지만 나는 대개 짬뽕보다는 짜장면 파다.

그런데 혼자 사는 독거인에게 짜장면은 생각날 때 즉각 먹을 수 있는 음식은 아니다. 한강변의 벌판 한가운데서도, 경기장이나 운동장에서도, 언제 어디서나 전화 한 통이면 배달 오토바이가 달려오는 배달의 왕국이지만, 그건 적절하게 사람들이 모여 주었을 때의 이야기이다. 혼자 먹기 위해 짜장면을 배달시키자면 여러 가지를 주저하게 된다. 일단 짜장면 한 그릇을, 그것도 엘리베이터 없는 오 층 빌라에서 배달시키기란 여러 가지로 미안하다. 다 먹고 그릇을 내어 놓는 일도, 좁은 계단에 음식 냄새가 풍기도록 두는 것도 별로 내키지 않는 일이다. 슬슬 걸어갈 만한 가까운 거리에 식당이 있으면 딱 좋은데, 주택가의 중국집이란 대개 배달을 위주로 하는지라 혼자 찾아가서 홀에서 음식을 먹기가 여의치 않다.

진진의 간판이 걸리는 것을 보고 혼자 기뻐했던 것이 그런 이유. 점포의 크기로 보아 배달 위주의 식당이라기보다는 홀 손님 위주의 식당임에 분명했고, 디테일을 생략한 커다란 간판은 어쩐지 맛으로 승부하겠다는 의지 같은 것을 느끼게 했다. 물론 그때는 주방장이 모 호텔의 요리장 출신이라는 것도 몰랐고, 미리 예약을 하거나 한 시간 이상 대기를 하지 않으면 쉽게 자리를 차지하기 어려운 집이 될 줄도 몰랐다. 귀갓길에 진진 앞을 지나다니며 언젠가 저 집에서 짜장면을 먹어야지 하고 침을 삼켰을 뿐, 〈수요미식회〉에 나오고 미슐랭의 별을 따는 집인 줄은 아주 나중에야 알았다. 그럴 것이 도무지 커다란 중국집이 생길 것 같지 않은, 구글맵을 켜고 찾아야 할 정도로 구석진 곳에 자리 잡고 있었던 것이다. 집 가까운 곳에 새로 생긴 중국집을 발견한 기쁨에 혼자 들떠 있었을 뿐이다.

대개는 짜장면이지만 그날은 짬뽕이 먹고 싶은 날이었다. 가는 비가 오는 11월의 저녁 무렵, 으슬으슬하게 춥고 피곤한 날에는 물론 짬뽕이다. 버스를 타고 귀가할 때부터 머릿속에는 오늘은 드디어 진진에 가서 짬뽕을 먹어야지 하는 생각뿐이었다. 이미 머릿속은 고추기름이 동동 뜨는 뜨겁고 매운 짬뽕 맛에 점령되어 있었다. 혼자 밥을 먹는 것을 망설이거나 주저하지 않는다. 이미 그런 경지는 넘어선 지가 오래인 만렙 혼밥러이므로.

홀에는 손님이 가득 차 있었지만 씩씩하게 들어가 당당하고 겸손하게(태도가 중요하다), "혼자 먹을 건데 괜찮겠죠?(식당에서 밥을 먹는 것은 너무 당연한 일이잖아요)" 하고 물었다. 손님을 안내하던 직원이 잠시 동공 지진을 일으켰지만 개의치 않았다. 안 된다고 하면 그냥 물러나 다시는 가지 않겠다고 홀로 굳게 결심했을 뿐.

직원이 나에게 되물었다. "식사는 안 되는데, 괜찮으시겠어요?", "네에? 짬뽕이 안 되나요?" 머릿속을 턱하니 장악하고 있던 김이 무럭무럭 나는 짬뽕 그릇이 먼저 산산이 부서졌고, 그다음 부끄러움과 민망함이 사정을 봐주지 않고 들이닥쳤다. "네. 저희 집 메뉴에는 식사류가 없어요. 요리에 곁들이는 식사로 볶음밥과 물만두는 있습니다." 산산이 깨진 비 오는 날 짬뽕의 꿈. 더불어 흩어진 어느 날의 짜장면 냄새.

겨우 정신을 차리고 처음 방문한 진진의 홀을 둘러보았다. 넓은 홀은 탁자로 가득 차 있고, 손님들은 삼삼오오 모여 앉아 뭔가 맛있어 보이는 요리접시를 앞에 두고 즐겁게 담소를 나누고 있었다. 요리는 고급져 보이는데 분위기는 또 미묘하게 시끌시끌한 것이 부담 없는 서민식당의 느낌이 있다. 그리고 혼자 짬뽕을 먹겠다고 가게문을 열고 들어온 내 몰골을 자각했고 나는 민망하고 서글픈 웃음을 남기고 집으로 돌아왔다. 중국집에서 짜장면과 짬뽕을 안 팔 수도 있구나. 가치관의 혼란이 왔다. 호텔 중식당 같은 곳에는 그런 데도 있다고 하지만, 그래도 짜장면을 안 파는 중국집을 중국이면 몰라도, 한국에서 실제로 본 것은 처음이다.

짬뽕과 짜장면뿐만 아니라 탕수육도 팔지 않는다는 것을 나중에 알았다. 매우 훌륭한 중국 요리를 합리적인 가격으로 판매하는 것이 이 집의 콘셉트라는 것도, 멘보샤나 대게살볶음이 이미 꽤 입소문을 타고 있다는 것도 나중에 알았다. 슬리퍼를 끌고 나가 혼자 호젓하게 짜장면을 먹겠노라는 내 계획은 전면 수정되었다. 대신 회식이 있거나 친구들을 만날 일이 있을 때 미리 설레발을 치며 예약을 하고, 평소에 못 먹어 본 요리를 즐기곤 한다.

식빵 사이에 새우살을 다져 넣고 튀긴 멘보샤의 맛을 처음 알았고, 아삭아삭한 양상추에 소고기를 다져 넣은 야채볶음을 싸서 먹는 재미로 중국요리의 신세계를 경험했다. 멘보샤나 대게살볶음이 시그니처 요리처럼 되어 있지만, 내가 좋아하는 요리는 소고기양상추쌈이나 충칭우럭이다. 엄청나게 큰 우럭을 튀기고 야채와 함께 볶은 간장 소스를 얹어 내는 충칭우럭은 이 집에서만 맛볼 수 있는 요리이다. 우럭은 튀겼지만 튀김 특유의 느끼함보다는 부드럽고 고소한 맛이 더 강하다. 바삭바삭하다기보다는 촉촉한 맛의 생선살에 고수의 향이 배어들어 절묘하다. 식감과 향이 완벽하게 조화를 이루는 이 생선요리는 정말이지 중국집에서 상상해 보지 못했던 맛이다. 물론 커다란 전복이 통째로 얹혀 나오는 팔보채도 훌륭하고, 나는 잘 먹지 않지만 먹어 본 사람들에 의하면 뼈를 바르지 않고 튀긴 깐풍기도 매우 좋다고 한다. 좋은 재료를 쓰고 최선의 맛을 항상 유지하는 곳이므로 언제 무엇을 먹어도 거의 실패가 없다.

중국 여행 때 가게 밖으로 테이블을 내놓고 왁자하게 음식을 먹는 노점 식당에 간 적이 있는데, 지붕도 있고 홀도 꽤 넓고 친절하고 바지런한 직원들도 있지만 어쩐지 진진에서는 그런 왁자지껄한 노점식당의 분위기가 있다. 맛있는 걸 먹으며 좀 과장되게 웃기도 하고, 허세 섞인 큰 소리를 쳐도 될 것 같은 호탕한 분위기가 있다, 진진에는. 이 요리 저 요리를 마음껏 시켜 놓고 마음 맞는 친구들과 시시한 이야기를 하면서 낄낄 의미 없이 웃어도 되는, 아무려나 만만디의 허리띠를 풀어 놓는 느긋함이 있는 식당이다, 진진은.

간판 거는 것을 본 지 삼 년 조금 지난 것 같은데 맞은편에 신관이 생겼고, 진진가연과 진진야연까지 문을 열며 성업 중이다. 가연과 야연은 아직 가 보지 못했는데 가연에는 짬뽕도 판다고 한다. 그러나 집에서 너무 먼 가연을 부러 찾아갈 마음 같은 건 아예 먹지 않는다. 진진은 이미 그 자체로 충분하고, 나는 아예 짬뽕 생각을 잊어버릴 정도로 진진에 적응했다. 소고기양상추쌈과 충칭우럭에 야무지게 주력하기로 했다. 본관이나 신관이나 주말, 주중 할 것 없이 언제나 예약은 꽉 차 있으며, 예약을 하지 않는다면 다섯 시 오픈하자마자, 아니면 아홉 시가 지난 늦은 시간을 공략하는 방법도 있다. 예외 없이 손님들이 밀려들고 영업하고 있는 영업장도 늘어났는데, 아직 음식 맛이 변하지 않았고

본관이나 신관이나 맛의 차이가 없어 진진에 대한 무한 신뢰는 계속 쌓여 가고 있다.

배달은 하지 않지만 테이크아웃이 가능하다. 홀에 자리가 없어 곤란할 때, 예약하고 기다리는 번거로움이 싫은 날은 포장해서 집에서 먹는 것도 괜찮다. 금방 나온 요리를 눈앞에서 꼼꼼하게 포장해 주고 짜사이나 볶은 땅콩 같은 곁들임 반찬도 넉넉히 챙겨 줘서 홀에서 먹는 것에 비해 전혀 만족도가 떨어지지 않는다. 물론 집이 멀지 않은 곳에 있을 때의 이야기이다. 짬뽕과 짜장면 말고도 진진에 없는 것이 또 있다. 단무지와 양파, 춘장이 딸려 나오지 않는다. 짜장면이 없는 중국집을 상상하기 어렵듯이 단무지 없는 중국집도 상상하기 어렵지만, 진진에서 그렇게 한다면 다 그럴 만한 이유가 있으리라고 역시 무한 신뢰하고 있다.

여전히 나는 슬리퍼를 끌고 찾아가 짜장면을 먹을 수 있는 중국집을 애타게 찾고 있지만, 때로는 예상치 못한 발견이 더 큰 기쁨을 주기도 하는 법이다. 진진에서 짜장면을 찾는 일은 나무에서 충칭우럭을 구하는 일과 같다는 것을 나는 제대로 납득하고 있다. 아직도 비 오는 날 추레한 얼굴로 짬뽕을 찾았던 일이 생각나 민망하지만, 그 덕분에 나는 중국요리의 신세계를 만났다. 큰 마음을 먹고 나름 예산을 세우면서 어느 호텔이나 이름난 식당을 찾아 나서지 않아도 되는 편안하고 만만한 거리에 진진이 있으니, 진진은 내가 이 동네에서 만난 신나는 행운 중 하나다. 그러니 '짬뽕 말고 팔보채!'라고 호기롭게 외치면서 진진을 방문해 보자. 짬뽕이나 짜장면 말고도 중국집에서 할 수 있는 일은 매우 많다.

생선천국,
오븐지옥

유난히 더웠던 지난여름, 해산물 요릿집 '오백도씨'에는 긴 휴가를 알리는 안내문이 붙었다. 보통의 가게가 일주일 남짓의 여름휴가를 가는 데 비해 이 집의 휴가기간은 보름 이상이었던 걸로 기억한다. 휴가기간 공지 아래에 붙은 문구에 그만 마음이 짠해졌다. "오븐이 너무 더워요. ㅜ.ㅜ"

그렇다. 이 집의 상호이기도 한 오백도씨는 오븐의 온도이다. 정확히 표기하자면 '500°sea'. 오븐의 온도 '500도'와 바다의 'sea'가 합쳐진 말이다. 이 집에는 오븐이 있고, 바다가 있다. 물론 파도 철썩이는 바다 풍경보다는 바다에서 나는 각종 식재료가 주인인 그런 바다.

처음 방문해서 메뉴판을 보면서 테마를 알 수 없는 요리의 종류를 보고 어리둥절했다. 도무지 카테고리를 잡을 수가 없는 메뉴판이다. 박대, 삼치, 조기구이가 있는가 하면 갈치 조림이 있고 (여기까지는 한식), 흰살생선 파피요트와 크림소스 가자미구이가 있고(흐음 이건 지중해풍?), 그리고 해물찜과 먹태구이(그러니까 술안주?), 게다가 피자(으잉? 이탈리안!!!), 심지어 돼지고기 목살 스테이크(제일 뜬금포인데 의외로 맛있다). 그런데 공기밥은 없고, 맥주와 소주는 있고, 알고 보면 와인과 사케도 있다. 좀처럼 유사성을 찾을 수 없는 메뉴판이 혼란스럽다면, 그냥 묻지도 따지지도 말고 아무거나 시켜 먹으면 된다. 정말 아무거나 다 맛있다.

물론 아는 사람은 다 안다. 이 가지각색의 메뉴를 묶는 공통분모는 오븐과 해산물이라는 것을. 해산물이라고 해도 싱싱한 활어를 주재료로 한다든가, 횟집에서 부속물로 딸려 나오는 멍게나 해삼 같은 그런 날것의 먹을거리는 아니다. 오로지 제대로 끓이고 구워야 맛이 나는 해산물이 중심이다. 그러니까 주인장이 자신 있게 구할 수 있는 해산물을 재료로 하고 높은 온도의 오븐으로 굽거나 쪄서 맛을 낼 수 있는 요리를 망라한 것이 이 집 메뉴의 본질이다. 좋은 재료를 구할 수 있고 오븐에서 제대로 맛을 낼 수 있다면 요리의 종류와 국적과 용도를 가리지 않는다. 식사로 먹어도 좋고 요리로 먹어도 좋고 안주 삼아 먹어도 좋다. 조기나 가자미를 주로 쓰는 것은 믿고 공수할 수 있는 생선 종류가 이런 것들이기 때문이다. 심지어 먹태나 어묵탕에 들어가 있는 어묵까지 상태가 매우 좋다.

대부분의 재료는 주인장의 어머니가 군산에서 좋은 재료를 구해서 반건조나 급속 냉동상태로 보내 주신다고 한다. 어떤 종류의 요리를 할 것인가, 혹은 어떤 용도의 손님을 맞을 것인가를 생각하기 이전에, 가장 맛있게 먹을 수 있는 요리가 어떻게 가능한가를 먼저 생각했기 때문에 나올 수 있는 메뉴판이다. 나는 이런 식의 메뉴 조합과 요리 방식이 마음에 든다. 모든 요리의 기본은 좋은 재료이다. 그리고 좋은 재료를 구하면 그 재료를 가지고 할 수 있는 최적의 조리법을 찾아야 한다. 술과 함께 먹든 끼니로 먹든 맛있는 것은 어떻게 먹어도 맛있다. 양념이나 조리의 비법 같은 것이 물론 없지는 않겠지만, 간을 많이 하거나, 여러 재료를 뒤섞어 맛을 혼란스럽게 하지 않는다. 신선한 생선과 해산물은 그냥 굽거나 찌는 것만으로도 충분히 맛있다. 부가되는 재료와 요리법은 그 재료의 맛을 헤치지 않는 선에서 그저 맛을 도울 뿐이다.

내가 제일 좋아하는 요리는 흰살생선 파피요트와 크림소스 가자미구이인데, 둘 다 오븐 요리이다. 흰살생선 파피요트는 흰살생선(주로 두툼한 가자미)에 화이트 와인과 올리브유를 넉넉히 뿌리고 레몬과 올리브 그리고 각종 허브, 야채를 넣어 오븐에서 찌듯

생선살에
올리브유의
감칠맛이
배어들고

레몬의
상큼함과

와인의 부드러움

허브의
독특한 향이
녹아

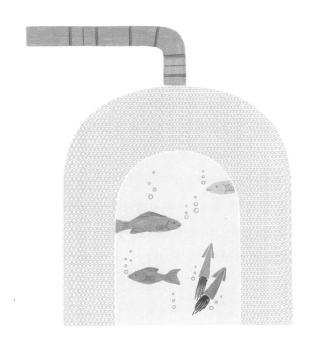

이 구워 낸다. 와인, 올리브유와 레몬, 야채가 있고 생선에서 물이 나오기 때문에 굽는다고 해도 촉촉하고 부드럽다. 생선살에 올리브유의 감칠맛이 배어들고 레몬의 상큼함과 와인의 부드러움, 허브의 독특한 향이 녹아 있기 때문에 건강하고 담백한 맛이다. 생선의 등을 깔고 앉은 새우도 맛있고, 특히 바닥에 깔린 감자가 정말 맛있다. 크림소스 가자미구이는 가자미를 기본으로 해서 굽고 그 위에 양파와 올리브를 넣은 크림소스를 끼얹어 (아마도) 오븐에서 한 번 더 구워 낸다. 치즈가 듬뿍 들어간 크림소스가 철판접시에 자글자글 눌어붙은 걸 떼어 내 먹는 맛도 일품이다. 해물찜은 보통의 해물찜처럼 콩나물이 잔뜩 들어가고 매운 양념으로 뒤섞은 그런 해물찜이 아니라 그냥 말 그대로 해물을 찐 것이다. 특별한 양념 없이 방게, 새우, 오징어, 가리비, 관자 같은 것을 대나무로 만든 찜기에 넣어 찐 음식이다. 담백하고 신선하게 해물 본연의 맛을 즐길 수 있다. 양과 질 대비 가격도 적절한 편이어서 여럿이 모여 술 한잔 하면서 맛있는 음식을 먹기에 좋은 집이다.

요리가 종잡을 수 없다 보니 함께 즐길 술을 정하기도 애매하다. 물론 다양한 술에 어울리는 안주가 망라되어 있다는 말이기도 하다. 흰살생선 파피요트는 와인과, 어묵탕은 소주와, 피자는 맥주와 먹어야 하겠지만, 이런저런 고민 없이 퉁칠 수 있다는 것이 맥주의 매력 아니겠는가.

홍대 근처 맥주 펍의 테이블에서 이런 안내문을 본 적이 있다. "맥주의 맛을 결정하는 것은 노즐의 청결도와 회전율입니다. 청결도는 저희가 책임질 테니 회전율은 손님들이 책임져 주십시오." 뭐 이런 내용이었다. 정말이지 맛있는 맥주를 마시기 위해서 금과옥조로 삼아야 하는 말이라고 무릎을 쳤다.

시원하고 신선한 맛으로 병맥보다 생맥을 마시는 것을 선호하지만, 사실 맛있는 맥주를 찾기가 생각보다 어렵다. 물론 근래에는 좋은 수제맥줏집이 많이 생기고 있고, 맥주 맛을 자랑하는 펍도 많이 있지만 사방 오백 미터 내에서 모든 것을 해결하고자 하는 내 행동반경의 기준으로는 여러 애로사항이 있다. 일단 망원동이 음주가 아니라 식사를 중심으로 하는 상권이다 보니 대중적으로 편하게 찾을 수 있는 맥줏집이 많지 않다. 수제맥주가 맛있기야 하지만 맥주란 음미하기보단 벌컥벌컥 마셔야 제맛이라고 생각하는 내 입장에서는 가격 부담이 있다. 가끔은 수제맥주를 마시러 가기도 하지만 부담 없이 편하게 마시기에는 신선하고 저렴한 국산 생맥주가 제격이다.

맥주 전문점이라는 콘셉트를 내걸지 않고, 이런저런 요리와 함께 마시기 위해 맥주를 내놓는 대중요릿집 중에 맥주의 신선도에 꾸준히 관심을 갖고 성의 있게 관리하는 집이 생각보다 드물다. 오백도씨는 망원동 내에서는 일반 생맥주가 가장 맛있는 집 중의 하나이다. 맥주의 노즐 청결도를 늘 관리하고 있다고 광고처럼 내세우고 있기도 하지만, 사실 선수들은 먹어 보면 아는 것 아니겠는가. 이전에는 생선요리에 어울리는 에스텔라 생맥주가 있었는데 맥주 공수가 쉽지 않은지 오키나와 맥주인 오리온과 하이네켄으로 바뀌었다. 둘 다 해산물 요리와 어울리는 가볍고 산뜻한 맛의 맥주다. 물론 맥스 생맥주도 훌륭하다. 생맥주는 같은 공장에서 납품을 받더라도 어떻게 뽑아내느냐에 따라 맛이 조금씩 다른데, 오백도씨의 맥스는 다른 집보다 약간 싱거운 듯하지만 훨씬 상쾌하고 산뜻한 맛이 난다.

맛으로 보나 다른 재료의 관리 상태로 보나 맥주 노즐의 청결도는 의심할 바가 없는데, 문제는 회전율이다. 티비에도 나온 적이 있다는데, 이렇게나 맛있는 요리가 많은데 그에 비해 홀이 항상 꽉 차 있는 것 같지는 않아서 혼자 애가 탄다. 한 시간 웨이팅 쯤은 거뜬한 망원동 골목에서 왜 이 집에는 웨이팅이 없는 것인가. 웨이팅이 길어지면 또 관광객들에게 동네 가게를 빼앗겼다고 궁시렁거릴 거면서, 그래도 손님이 더 많아졌으면 하고 바라게 된다. 아마도 종잡을 수 없는 요리의 종류 때문에 고객 공략 타깃이 불분명한 탓도 있을 것이다. 사진 찍기 좋은 한 그릇 음식점도 아니고, 그렇다고 왁자지껄 술잔을 나누기에 딱 맞춤도 아니고, 가족 외식을 하기에도 약간 애매하다. 회라든가 고기라든가 특별히 좋아하는 음식의 종류로 모임 장소를 정하기에도 뭔가 설명하기 복잡한 점이 있다. 맵거나 달거나 기름지거나 자극적인 맛에 익숙한 외식 요리와는 다른 심심하고 담백한 맛이 손님들을 화끈하게 끌어당기지 못하는 면도 있을 것이다. 그러나 그럼에도 불구하고 좋은 재료를 기준으로 메뉴를 정하고, 재료의 가장 맛있는 상태를 상상하며 음식을 만드는 집은 흔하지 않다. 이러다가 이 집의 계통 없는 다양한 요리들이 하나둘씩 사라질까, 고정된 콘셉트에 맞추느라 나머지 요리들이 정리되는 것은 아닐까 슬그머니 걱정도 된다.

생각을 바꾸면 많은 것이 달라진다. 크림소스 풍미의 가자미 요리를 먹다가, 칼칼한 어묵탕을 연이어 시키고 입가심으로 먹태를 먹을 수 있는 그런 집은 또 얼마나 매력적인가. 패스트푸드 피자 말고 화덕에서 구운 피자를 가족과 함께 먹을 수 있고, 무게를 잡지 않아도 감바스 같은 스페인 요리를 가뿐하게 먹을 수 있으니 만만하고 편하다. 심지어 돼지고기 목살 스테이크도 있으니 '오늘 뭘 먹지' 하며 주춤거릴 때 무작정 찾아가도 좋다.

지인들을 몰고 가게를 찾을 때마다 요리를 시켜 맛을 보게 하고 맛있다는 감탄을 세 번 복창으로 들어야 직성이 풀리는 애틋한 마음으로, 더도 말고 덜도 말고 테이블마다 손님이 가득 차 있기만 바라고 있다. 그래야 맛있는 맥주는 더 맛있어질 테고, 화덕 앞에서 땀을 흘리는 사장님도 좀 더 신나게 요리를 할 수 있을 테니 말이다. 임대료는 자꾸 치솟고 자본력 넉넉해서 광고도 잘하는 음식점이 매일 생기고 있는 망원동에서 좋은 재료와 까다로운 맛의 기본을 포기하지 않는 집이 더 오래오래 살아남았으면 좋겠다. 그러려면 더 부지런히 먹고 마셔야 하려나.

루프탑의
낭만

'아루감(Arugam)'은 스리랑카의 서핑 포인트예요. 거기서 남자친구를 만났죠. 맥주 가게를 차리는 것이 꿈이라고 하길래 제가 얼른 여기다 차려 놓고 꼬셨죠. 여기 와서 나랑 맥주 가게를 하며 살자고. 그래서 이름이 아루감이에요.

'아루감'이 막 뜨기 시작할 때 옥상에서 맥주를 마시다가 주인장에게 들은 이야기이다. 서핑에 어떤 매력이 있는지, 서핑을 하며 만나는 사람들이 나누는 공감대는 어떤 것인지, 거기서 사랑에 빠진 연인들이 함께 꿈꾸는 삶이 어떤 것인지, 내가 제대로 알 수 있을 리 만무하다. 일단 서핑을 모른다. TV나 영화에서 본 적이야 있지만 서핑이란 어쩐지 진입장벽이 높은 비싼 레저인 것 같고, 즐길 수 있는 공간이 한정되어 있으니 서핑을 즐기기 위해서는 뭐랄까 맹렬히 적극적이고 진취적인 의욕이 필요할 것 같다. 나같이 게으른 데다 쓸데없이 바쁘고 가난하기까지 한 사람들에게는 그냥 멀고 먼 세계이다. 그래도 쉽게 상상하기 힘들기 때문에 더 낭만적으로 느껴지기도 한다. 먼 나라의 바다에서 서핑을 하다 눈이 맞은 남녀라니. 태어난 나라도 자란 나라도 다른 남녀가 도무지 서핑과는 어울리는 구석이 하나도 없는 망원동 어느 골목에서 맥주를 팔며 살 작심을 하다니. 사랑이 꼭 낭만적이지만도 않다는 것을 이미 알고 있지만, 일렁이는 파도와 작렬하는 태양에 눈이 맞을 수는 있어도 그것으로 사랑이 지켜지지 않는다는 것을 알고 있지만, 서핑과 맥주로 이어지는 러브 스토리는 그랬거나 말거나 이미 지워 버린 로맨틱의 신화와 함께 흥미롭다. 최소한 맥주를 마시기 위한 배경설화로는 이만한 것이 없다.

아루감을 굳이 찾아야 할 이유는 맥주맛보다는 분위기에 있다. 물론 수제맥주를 주로 파는 아루감의 맥주맛은 괜찮은 편이다. 라거부터 에일까지 향과 맛이 다양한 수제맥주를 구비하고 있고, 감자샐러드와 함께 나오는 야채스틱이라든가 양파, 감자, 닭이 포함되는 모듬 튀김도 맥주 안주로는 아주 좋다. 가문어를 청양고추 가득한 소스에 찍어 먹는 맛도 별미. 늘 손님이 붐비는 집이므로 회전율은 걱정하지 않아도 되고 마감할 때까지 눌러앉아 있어 본 경력 덕분에 마감할 때 항상 기계를 청소하는 걸 확인

했으니 청결도도 오케이. 보증된 맥주맛과 많지도 적지도 않은 양의, 맥주에 딱 어울리는 안주의 조합이 맥주 한 잔 하기에 이만한 곳이 없다.

그래도 이 집을 꼭 찾게 되는 이유는 너무 조용하지도 시끄럽지도 않은 자유로운 분위기가 일 번이다. 오픈된 주방에 주인처럼 놓인 종류별 맥주 기계와 손님을 맞기 위해서라기보다는 자기들끼리 놀러 온 듯한 가게 사람들도 편안하다. 자세히는 모르지만 오너와 알바생의 조합이라기보다는 지인들끼리 아지트 삼아 가게를 꾸려 나가는 분위기랄까 하는 것이 마음을 풀어놓게 만드는 매력이 있다. 카운터 바도 있고 여러 사람이 둘러앉기 좋은 테이블도 있는데 엄격하게 경계를 지우지도, 그렇다고 다른 테이블을 방해하지도 않는 적절한 균형감이 있어서 좋다. 한쪽 구석에는 신발을 벗고 올라가야 하는 좌식 테이블이 아늑하게 자리 잡고 있는데, 여기는 어쩐지 은밀하게 숨어들어 꽁냥꽁냥 하기 좋은 분위기이다. 나는 독립적이고 진취적으로 혼자 노는 싱글이므로 일단 패스.

그래도 아루감에 왔다면 일단 옥상으로 올라가고 볼 일이다. 봄밤이거나 아니면 아주 덥지는 않은 여름밤. 서쪽 하늘로 노을 지는 풍경이 일품이다. 맥주를 마시면서 조금씩 취해 가는 시선으로 서쪽 하늘이 붉게 물들고, 그러다가 점점 어두워지고 어둠

형편껏
누리는
비좁고
궁색한
낭만

우리들의
골목길
로맨티시즘

에 비례하여 꼬마 전구들이 빛나는 광경을 바라본다. 낮의 해는 점점 저물어 가고, 아직 완전히 어두워지지는 않은, 모든 것이 어슴프레한 시간. 개와 늑대의 시간이라 했던가. 낮 동안의 분주함을 일단 내려놓고, 아직 완전히 혼자가 되지는 않은, 일상과 명상 사이의 고요함이 이 시간의 루프탑에는 있다. 스카이라운지 같은 화려함이나 지상의 가득한 불빛을 내려다보는 조망감은 없다. 기껏해야 이 층짜리 주택을 개조한 맥주가게의 옥상에서 바라보는 하늘은 복잡한 지붕과 전깃줄 사이에서 좁은 배경처럼 옹색해 보이기도 한다. 몇 개의 계단을 내려가면 옹기종기 좁은 집들과 복잡한 골목길이 명백하게 내세울 것 없어도 나름 분주한 일상의 모습으로 건재하고 있다는 것을, 루프탑이랍시고 올라앉은 맥주가게에서도 너무 잘 안다. 이 층 높이만큼만 떠나와서 약간만 고급인 맥주와 함께하는 비좁게 드러난 하늘 정도의 낭만. 늘 만나는 사람들과 매일 다를 것 없는 일상을 이야기하지만 그런 것들이 어쩐지 평범하지 않은 기쁨일 수 있다는 것을 문득 생각하게 되는 미약한 일탈의 시간. 조금은 들뜨고 조금은 감상적이 되는 것을 허용하는 딱 그만큼의 시간과 공간. 망원동다운 루프탑이다.

아루감의 마감시간은 새벽 두 시이지만 루프탑은 열한 시면 마감을 한다. 주택가에 자리 잡은 명색만 루프탑인 옥상 술집의 한계다. 취객들의 소란과 옥상의 불빛이 골목 주민들의 숙면과 휴식을 방해해서는 안 되므로 열한 시가 되면 알전구의 불이 꺼지고 옥상으로 열린 문이 닫힌다. 그때 우리는 신데렐라처럼 마시던 맥주잔을 들고 홀로 내려온다. 그래도 마차가 호박으로 변하는 마법은 일어나지 않는다. 우리에겐 여전히 맥주가 있고 이야기가 있으니까.

스리랑카의 아루감에서 만나 함께 맥주를 파는 젊은 주인들의 이야기도 계속된다. 베트남계 미국인인 또 한 명의 주인은 어색한 한국어로 그다음에는 영어로 손님들에게 말을 걸기도 한다. 한국사람들은 너무 바빠요. 매일매일 빨리빨리예요. 소주도 너무 많이 마셔요. 빨리빨리 마시고 금방금방 많이많이 취해요. 아루감의 해변에서 운명을 만난 사랑의 주인공이라는 환상은 어눌한 한국어에 깨지기 십상이고, 그가 망원동에서 만난 한국인에 대한 소감에 낭만은 없다. 베트남계 미국인이면 베트남전 와중에 미국으로 건너온 중산층이지 않을까요, 부모가. 베트남전 종전 이후 태어났겠네요, 저 사람은. 함께 술을 마시던 후배 K가 괜한 상상력을 발휘한다. 그와 사랑에 빠진 여주인의 친척 중에는 베트남전 참전 군인도 있겠죠. 민족과 자본이 엇갈리고, 국제관계와 인권의 문제가 두 사람 사이에 또 없다고 할 수 있겠나. 베트남 하면 베트남전을 생각하는 우리의 상상력은 너무 빈약하고 상투적이다. 그렇긴 해도 서핑의 낭만과 전쟁의 역사 같은 상투적인 고정관념 말고도 각각의 개인인 그들의 삶이 다른 디테일로 스며 있기에 사람을 만나고 술을 마시는 것이 흥겹다. 한순간의 낭만에는 비좁은 골목길에 자리를 잡아야 하는 생활의 역사가 끼어든다. 그래도 아루감의 어느 해변에서 만나 사랑에 빠지기도 하고 지구를 돌고 돌아 망원동의 한 골목에 이 층 높이만 한 우연한 해방구를 만들기도 한다 싶으면 그저 술을 마시러 들른 아루감에 온갖 장르의 이야기가 깊어 간다.

서핑과 영업은 다른 것이니 낭만은 점점 운신의 폭이 좁아졌다. 주변 주민들의 항의에 옥상을 즐길 시간은 줄어들고, 손님들이 몰려들자 우리에게 주어진 옥상 공간도 좁아진다. 캠핑 테이블과 의자가 던져 놓듯 드문드문 놓여 있어 더 한적하고 가끔 스산했던 옥상은 사람들로 점점 붐비고 있다. 옆자리 사람들의 대화가 너무 잘 들릴 정도로 테이블 간격은 좁아졌고, 화장실이라도 가려면 몸을 움츠리고 통로를 찾아야 한다. 인적 드문 해변가의 파라솔 같았던 루프탑은 어느새 관광철 한정으로 개장하는 야시장 같아졌다. 조심 없이 방출되는 소음을 막기 위해 옥상 난간을 따라 비닐벽이 세워졌고 멀리 보였던 하늘도 조금쯤 뿌예졌다. 투명도 높은 강화유리 대신 비닐벽 너머의 풍경을 보며 별가루처럼 까마득한 야경 대신 골목을 지나는 자동차의 헤드라이

트를 벗 삼아 형편껏 누리는 비좁고 궁색한 낭만. 우리들의 골목
길 로맨티시즘.

시메이의
추억

신문에 고정으로 쓰는 칼럼에서 술과 책 이야기를 쓴 적이 있다. 윤성희의 『베개를 베다』와 권여선의 『안녕 주정뱅이』를 읽고서는 옳다구나 싶어 쓴 글이었다. 약간 몽롱해진 기분으로 일상적 세계에서 잠시 떠나 있다 돌아오는 것 같다는 점에서 술을 마시는 것과 책을 읽는 것은 비슷한 데가 있다. 비평을 업으로 삼다 보니 소설을 읽는 일이 그저 재미있는 이야기를 읽는 것처럼 편하기만 한 것은 아니지만, 되도록 여러 각도의 촉수를 세워 놓고 이야기의 의미를 분석하려고 애쓰는 편이다. 그래도 역시 소설은 훅 몰입되어 이야기 속 인물들의 삶에 내 것을 겹쳐 놓으면서 읽을 때 가장 재미있다. 모든 소설이 그렇지는 않다 하더라도 소설은 일상의 현실들에서 이야기의 실마리를 가져오고,

그렇지만 현실의 그것과는 다른 가상의 세계를 만든다. 독자는 허구인 것을 알면서도 그것이 마치 어딘가 실제로 존재하는 누군가의 삶이기라도 한 것처럼 소설 속의 사건과 그것을 겪는 인간과, 또 다른 인간들과의 관계 사이에서 매우 진지하고 섬세하게 공감의 근거들을 찾으며, 허구와 현실 사이를 오간다. 일상에서는 그저 앗 하고 지나갈 뿐이었던 어떤 찰나, 불쾌하거나 다정하거나 노엽거나 놀라운 삶의 순간들을 반추하며 독자는 소설의 페이지 어딘가에서 멈춰 서기도 하고, 그 페이지로부터 이어지는 다른 상상의 길을 찾기도 한다. 소설은 대개 거짓말을 기본으로 하지만 우리는 작가가 만들어 낸 이야기를 읽으며 거짓말처럼 깊고도 아득한 우리들 삶의 여러 진실들을 만나게 되는 것이다. 그런 멈춤과 헤맴, 또는 몰입과 이탈의 시간에 함께하기 좋은 것으로 한 잔의 맥주만 한 것이 있을까. 이런 기분으로 권여선의 소설과 윤성희의 소설을 읽은 소감을 썼다.

아마도 짧은 원고의 첫머리를 열기 위해서 술을 마실 수 있는 서점 이야기를 썼던 것 같다. 박준의 시집과 맥주를 세트로 판다는 맥주가게 이야기도 썼던 것 같다. 신문이 나간 날 알고 지내던 편집자로부터 문자 메세지가 왔다. "칼럼에 쓴 그 맥주가게, 제 남편이 하는 가게랍니다. 한번 놀러오세요.^^" 어쩐지 맥주에 대한 센스가 남다르다 싶었다. 그 편집자가 근무하던 출판사에서

앤솔로지 편집에 참여한 적이 있었는데, 책이 나오고 편집자는 뒤풀이 자리로 아주 근사한 맥줏집을 소개해 주었더랬다. 음악이나 좌석의 배치나 생맥주의 거품이나 나무랄 것이 없는 맥줏집이었다. 맥주가게는 남편이 한다지만 유유상종이라니 아내 역시 맥주에 관해 탁월한 안목을 지녔음이 틀림없을 것. 집에서도 가까운 맥주가게를 안 가 볼 이유를 찾기가 더 어렵다. 엄밀히 말하면 모르는 사이지만, 혼자서 괜한 친근감으로 맥주 구경을 하러 갔다. 맥주 구경이라 하기 딱 좋은 가게다. 세상에 그렇게 많은 맥주가 있다는 걸, 몰랐던 것은 아니지만 눈으로 제대로 목격하는 즐거움은 상상을 넘어선다. 책꽂이에 꽂힌 온갖 종류의 책, 다재다능의 작가들처럼 수백 수천 종의(체감이 그렇다는 이야기다. 실제로는 백여 종이라 한다) 맥주가 저마다의 라벨을 달고 가지런히 꽂혀 있었다.

　보틀샵 '위트위트'는 '어쩌다가게 2호점' 이 층에 자리 잡고 있다. 어쩌다가게는 임대료나 영업의 독자성, 지속성 등에서 불리하게 마련인 중소상인들이 연합하여 만든 가게. 작지만 개성 있는 가게들이 걱정 없이 서로 도와가며 함께 장사를 하자는 그런 취지로 만들어진 상업공간이라고 알고 있다. 대형마트나 쇼핑몰이 거대 자본이 만들어 낸 도시형 상업공간이라면, 어쩌다가게 같은 소규모의 연합 상가는 그런 거대 도시형 상업을 견디는 작은 골목길 상권의 자구책이다. 합리적 임대 조건으로 지속 가능한 상가 운영을 도모하고, 함께 시너지를 낼 수 있는 기획도 하며 가게 주인도 고객도 즐거운 일과 소비를 만들어 내고 있다고 할까. 연남동 쪽에 1호점이 있고 망원 시장 입구의 구석진 골목 안에 2호점이 생겼다.

망원동의 특산품은 누가 뭐래도 골목이라서, 골목과 골목 사이에서 또 길을 내는 골목을 떠돌다 보면 길을 잃기 마련이다. 골목을 돌고 돌아 큰길로 나오고 보면 전혀 예상치 못한 길인 것이 또 망원동 골목길의 매력이다. 나는 길맹이라서 멀쩡하게 길찾기앱을 켜 놓고도 방향을 가늠하지 못해 길을 잃기 일쑤다. 스마트폰의 길찾기앱이 없던 시절에는 말해 무엇하겠는가. 오죽하면 내 친구들은 약속장소를 못 찾아 전화를 하면 거기 꼼짝 말고 있으라고 다급히 외친 후 나를 찾아 나선다. 망원동 골목길은 길찾기의 고수들도 길을 잃기 딱 좋게 어지러워 나 같은 사람에게는 오히려 만만하다. 길을 잃어도 굳이 민폐랄 것 없어 당당하고, 길을 잃은 김에 더 헤매다 보면 의외로 재미있는 곳을 발견하기도 한다. 아무리 재미있고 인상적이라 해도 다음에 다시 이 자리로 올 수 있을 리 없으니 일단 발견한 곳은 안에 뭐가 있나 들어가 보고, 주변도 둘러보고 이상한 나라의 토끼처럼 시간을 놓치면서 그날의 재미를 각인시켜 두는 것이 중요하다.

길 얘기를 하다가 길을 잃었다. 아무튼 어쩌다가게는 못 찾을 정도로 복잡한 길에 있지는 않지만, 일부러 찾지 않으면 발견하기 힘든 위치에 있다. 이렇게나 많은 맥주가 한자리에 존재감도 찬란하게 모여 있는 곳은 흔하지 않으니, '어쩌다가게'는 신기한 맥주가게가 자리 잡기 딱 좋은 장소다.

'빨리 망하려면 도박을 하고 천천히 망하려면 와인을 하라'는 말이 있다고 한다. 아닌 게 아니라 와인 애호가들의 말을 들어 보면 와인의 세계는 넓고도 깊고도 다양해서 마치 망망대해 같다고 한다. 배우고 맛보고 즐기기를 한평생 해도 모자란다고. 술을 즐기는 것만으로도 망하기 딱 좋은데, 진짜로 망할까 보냐 하고 와인에 입문하지 않은 것을 다행으로 여기고 눈길도 주지 않기로 했는데 맥주도 만만치 않다는 것을 '위트위트'에서 알았다. 맥주에 해박한 주인장이 이런저런 설명을 곁들여 권하는 맥주는 하나같이 탐나고, 온 김에 이것도 하나 저것도 하나 하다 보면 카드 결제액이 순식간에 급상승한다. 편의점 맥주야 기껏해야 세 개 만 원인가 네 개 만 원인가의 차이일 뿐 거기서 거기이지만, 위트위트의 맥주는 정말로 취하다 망하는 것 아닌가 싶게 다양하고 비싸다. 권장하는 맥주를 사 들고 돌아와 온갖 맛을 시음해 주는 기쁨이야 말해 무엇하겠냐마는, 자주 가서는 안 된다고 다짐하고 말았다.

그저 맥주란 만만하게 벌컥벌컥 마시는 거라고 생각해 왔던 맥주관이 바뀌었다. 조금씩조금씩 아껴 먹고, 어떤 음식이랑 먹는 것이 좋은지 조합을 생각하고, 특별한 날 꺼내 놓을 맥주를 따로 사서 아껴 두기도 할 수 있다는 것을 위트위트에서 배웠다. 그러니 위트위트에 가는 날은 정신없이 바쁜 시간 중에 잠시 여유가 생기거나, 새 가구를 들여 놓거나 새 책을 내는 것 같은 축하할 일이 생겼을 때이다. 보통날의 맥주는 피곤하고 지친 노동의 끝에 생각난다면 위트위트의 맥주는 오랜만에 대청소를 하거나, 뭔가 가만히 혼자 앉아 내 생각을 골똘히 하고 싶은 날, 어쩐지 침울해져서 나를 좀 위로하고 격려하고 싶은 그런 날에 생각이 난다. 계속되는 생활의 질서를 잠시 끊어 보고 싶을 때, 나에게 뭐라도 해 주고 싶을 때 나는 위트위트에 간다. 와인으로는 너무 금방 망하겠지만, 맥주라면 나도 아주 천천히 망할 만큼은 자산가이다.

오랜만에 위트위트에 들른 것은 '시메이'를 찾기 위해서였다. 시메이가 수도원 맥주 중에서 흔한 맥주 중 하나이고 이미 애호가들 사이에 유명한 맥주라는 것을 나중에 알았다. '듀벨'이나 '르페' 같은, 수도원 맥주에 기원을 둔 맥주들을 세계맥주 전문점에서 본 적은 있으나 별로 마셔 본 적이 없다. 편하게 구할 수 있는, 만만한 맥주만 마셔 온 터라, 비싼 데다가 맛도 익숙지 않은 맥주

함부로
아무 때나
추억에
잠겨서는
안 된다

추억은
비싸다

를 일부러 찾아 마시는 모험을 하지 않는다. 밀맥이나 흑맥보다는 가벼운 라거 맥주를 주로 마시는 취향도 상관이 있다. 그런데 난생처음의 유럽 여행에서 시메이 맥주맛을 알고 말았다. 프랑스 하면 아마도 와인일 텐데, 와인 맛을 알지 못할 뿐 아니라 혼자 다니는 여행에서 와인병을 따기가 쉽지 않았다. 와인이 물처럼 싼 곳이었지만 슈퍼의 와인 진열대는 너무나 드넓어서 그중 하나를 고르는 일이 온종일의 도보여행만큼 피곤했다. 역시나 만만한 맥주를 찾았지만, 눈에 띄는 맥주는 '칼스버그'나 '1664' 뿐이었고 내 취향은 아니었다. 그러다가 일일 투어에서 만난 가이드 선생이 시메이를 추천해 주었다.

숙소 옆의 카르푸에서는 흡사 마법사의 생명의 물처럼 빨간 병, 파란 병, 하얀 병의 시메이가 심상하게 진열대를 차지하고 있었는데, 도수가 센 흑맥을 즐기지 않는 내 입에도 시메이는 좋았다. 거품이 많지 않고 진하고 걸쭉한 맥주는 조금씩 음미하며 입 안에서 한참을 머금고 천천히 즐겨야 했다. 차갑게 마시는 것보다는 상온에서 마시는 것이 더 좋았는데, 목구멍을 단숨에 넘어가는 차가움에 지워져서는 안 되는 복잡하고 다채로운 향과 맛 때문이었다. 비싼 돈을 들여 나선 여행길이니 한 군데라도 더 가자고 욕심을 내게 되고, 익숙지 않은 교통편을 이용하느니 왠만한 곳은 걸어다니다 보면 이미 젊지 않은 몸은 녹초가 된다. 과음은 곤란하다. 내일도 모레도 또 이만큼 걸을 것이므로. 매일 밤, 딱 한 병씩 천천히 그날의 여행을 생각하며 하루를 마감하기에 시메이만 한 것이 없었다. 무려 파리에서 시메이를 마시며 나는 낮에 들렀던 바스티유 광장이나 발자크의 집, 또는 마네와 쿠르베의 그림을 복기했다. 난생처음의 파리에서 난생처음의 시메이라니, 여행의 얄팍한 감상을 부추기기에 안성맞춤이었다.

열흘간의 여행을 마치고 일상으로 돌아와 언제 내가 파리행 비행기를 탔냐 싶게 분주하던 어느 날, 문득 내 입안 어느 곳에서 시메이의 향이 스치고 지나갔다. 아마도 테러 이후의 파리를 전전긍긍하며 돌아다니다가 집에서 아주 먼 곳에 와 있다는 기묘한 해방감과 피로감으로 시메이를 홀짝였던 그날이 그리워진 것이었겠지. 파리에서 시메이를 처음 만난 터라 한국에서는 시메이를 어떻게 사야 할지, 전혀 정보가 없었고 나는 당연히 '위트위트'를 떠올렸다. 지금 생각하면 멍청하고 촌스러운 질문. "혹시 시메이 있나요?" 주인장은 생각했겠지. '당연히 있지.' 그러나 나는 그때까지 무슨 자신만만한 착각인지 시메이는 파리에 있는 맥주라고 철석같이 믿고 있었다. 심지어 시메이는 벨기에산 맥주인데 말이다. 지금 생각하면 동네 슈퍼에서 햇반을 찾은 격이다. 그래도 주인장은 내색하지 않고 가장 잘 보이는 진열대에 놓인 시메이를 안내하고 파란 병과 빨간 병과 하얀 병의 차이를 설명해 주었다. 물론 나는 두말할 것도 없이 파란 병을 집어들었다.

    그리고 그날 밤 시메이를 마시면서 이제 생각날 때면 언제든 시메이를 마실 수 있다고, 가끔 여행이 그리운 날은 시메이를 마시면 된다고 흡족했다. 물론 언제든은 아니다. 위트위트에서 산 시메이 파란 병은 만이천 원, 파리에서는 이 유로가 채 안 되었던 걸로 기억한다. 함부로 아무 때나 추억에 잠겨서는 안 된다. 추억은 비싸다.

회의도 토론도
파티도
가능한 밀실

　　망원역 1번 출구 뒤쪽에 있는 '웃으러'에는 비장의 무기 '밀실'이 있다. 비좁은 자리를 칸막이로 막아 만든 간이 밀실이 아니다. 대형 중국집에 가면 있는 둥그런 식탁이 놓인 밀실도 아니다. 이런 종류의 밀실은 입구에서도 단번에 저기 방이 따로 있다는 것을 알아차릴 수 있으므로 그 방에 함부로 들어갈 수야 없겠지만, 밀실다운 비밀스러움이 없다. 웃으러의 밀실은 다르다. 카운터 바와 탁자가 놓인 홀 한쪽에 정식으로 벽을 막아 만든 딱 하나의 밀실. 말 그대로의 밀실, 무언가 비밀스런 회담도 하고 작전을 짜도 될 것 같은 홀 안의 홀, 방 안의 방이라고나 할까. 웃으러에 처음 간 사람은 거기에 밀실이 있다는 것을 바로 눈치채지 못한다. 밀실은 벽 저편에 있고, 홀은 이미 홀 나름대로 제 공간을 제대로 갖추고 있어서 저 벽 너머에 무엇이 있을 것이라고 생각하기 어렵다. 화장실을 다녀오거나, 혹은 문득 가게의 직원들이 접시나 술잔을 들고 벽 뒤쪽 공간을 오간다는 것을 깨닫고 나서야, 아 저기도 무언가가 있구나 알아차리게 된다.

오래된 시장골목이 있는 망원동에는 토박이들과 함께 세월을 쌓아 온 노포도 많다고 하지만, 내가 아는 가게들은 대부분 생긴 지 얼마 되지 않은 곳들이다. 망원동에서 살기 시작한 지 이제 겨우 만 사 년을 지났을 뿐이지만, 그사이 꽤 여러 가게들이 문을 닫고 새 간판을 올리기를 반복했다. 웃으러가 있는 사 층 건물은 원래 주택이었던 곳을 헐고 지은 상가건물인데, 일 층의 식당은 내가 알기로만 벌써 두 번 주인이 바뀌었다. 어쩌면 나 역시 망원동 뉴커머, 쌓은 세월이 없으니 새 가게들에 유독 눈길을 주는 것일지도 모른다. 주택이 헐리고 새 건물이 올라가고 저기에는 무엇이 생길라나 궁금해하다가, 이 층에 웃으러의 간판이 걸렸을 때 당연히 눈독을 들였다. 지하철역에서 집 사이, 귀갓길에 들르기 너무나 맞춤한 위치에 있었기 때문이다.

그렇게 새로 생겨나는 가게들을 탐방하고, 가끔 들르는 단골이 되고, 친구들을 불러들이며 정을 붙인다. 망원동이 홍대 상권의 외곽에서 흥성을 거듭하는 시기, 새로 생겨난 가게들을 드나들며 내가 이 가게들을 업어 키웠다고 농담처럼 말하지만, 사실은 내가 업혀 살았다. 간판을 올리고 영업을 개시하고 새 손님들과 어색하게 얼굴을 익히고 그러다가 다시 만나 반가워하는 시간을 함께하며 나도 이 동네 주민이 되어 갔으므로. 귀갓길에 새로 문을 연 웃으러에 들러 혼자 바에 앉아 맥주를 마셨고, 밀실을 발견했다. 저기서 회의를 해도 되겠구나 하고 생각했다.

출근하는 직장이 있는 것은 아니고, 이런저런 일에 프리랜서로 끼어드는 경우가 많다. 딱히 지정된 회의실을 사용하기 애매한 회의도 간혹 해야 한다. 적당한 회의 장소를 물색하다가 웃으러에서 몇 번 회의를 하기도 했다. 외부공간과 차단된 밀실을 발견하고는 회의를 해야겠다고 생각하는 대책 없는 회의주의자. 그러나 술집에서 무슨 회의를 한단 말인가. 대체로 회의란 것이 그렇다. 편하게 하고 싶은 말을 다 해 보자고, 이런저런 방법도 모색하고 사건의 본질도 궁구하고, 바람직한 대책도 찾고, 우려할 만한 사태는 미연에 방지하자고 모여 보지만, 딱 떨어지는 해결책을 찾기는 힘들다. 본질에 벗어나는 이야기를 견디고, 누구든 마땅한 대책이 없다는 것을 알면서도 그저 뭐라도 해야겠기에 서로 얼굴을 마주 보고 있는 답답하고 지루하고 곤혹스러운 시간.

그런 어려운 회의를 웃으러에서 한 적이 있다. 회의가 거듭될수록 사람에 대한 환멸과 일로 인한 상처가 시간이 지나서도 잊히지 않았던 그런 회의. 즐거운 회의라는 것이 있는지, 나는 아직 잘 모르겠다. 누군가와 무언가로 의기투합하고, 하고 싶은 일들과 하기 어렵지만 해야 하는 일들을 분간하면서 그래도 결국은 명쾌하게 결론을 내고 이제 회의 그만하고 움직여 보자고 건배를 드는 그런 일들은 드라마나 영화에서나 있는 이야기인 것 같다. 이렇게 예쁘고 두근두근한 밀실에서 견디다가 지쳐 술도 못 먹는 회의는 이제 그만해야겠다고 생각했다. 사실은 파티에 더 어울리는 곳이었는지도 모르는데 말이다.

웃으러의 밀실은 그저 칸막이를 질러 놓고 문을 달아 놓은 간이 밀실이 아니다. 벽 안에는 기다란 탁자가 놓이고 벽의 한쪽에는 물고기 그림이 있는 이국적 패브릭도 걸려 있다. 한쪽 벽을 차지한 그릇장에는 여행지에서 수집한 듯한 고양이 인형과 이국적 문양의 접시들과 와인 병이 있어 밀실에 들어선 우리를 어딘가 다른 곳으로 데려간다. 그러니 장난스레 드레스코드도 정하고, 아껴둔 와인을 들고 나와서 근황도 묻고, 속상했던 일도 떠들면서 유쾌하고 떠들썩하게 건배도 하는 그런 파티에 훨씬 더 어울린다. 심각한 얼굴로 나만큼이나 심각한 얼굴들을 바라보면서 밥을 먹는지, 술을 마시는지 모르게 더 심각해지는 것보다는.

생각해 보면 회의인가 파티인가가 중요한 것은 아닐지도 모른다. 누구와 함께 무엇을 도모하며 어떤 일을 하고 싶은가가 중요하겠지만, 어쩐지 웃으러의 예쁜 밀실을 생각하면 좀 침울해진다. 기다란 탁자를 앞에 두고 나누어야 했던 일들의 전말이 자꾸 떠오르고, 그 일을 겪으며 부대꼈던 내 마음과 어쩐지 유쾌하지도 달갑지도 않은 일들을 꾸역꾸역 해 나가면서 살아야 하는 시간에 대한 불만이 떠올라서 그럴 것이다. 나는 웃으러의 밀실을 좋아하고, 웃으러에서 즐거운 일도 많았는데, 지루하고 어려웠던 회의가 자꾸 떠오른다. 사람은 사람으로 치유하고, 일은 일로 잊고, 추억은 추억으로 극복한다. 언젠가 누군가들과 떼로 모여 즐기고 기뻐할 일이 있을 때, 왕창 마시고 진탕 놀고 까맣게 잊어도 좋은 파티를 여기서 한 번 하고야 말겠다. 밀실의 창문을 통해 불어오는 달콤하고 시원한 바람과 마주 앉은 사람들의 터질 듯한 웃음만 기억할 수 있게.

웃으러의 주방에서는 마법의 냄비가 비밀스런 냄새를 풍기면서 늘 보글보글 끓고 있는 것 같다. 이런 식의 메뉴 조합은 흔하지 않다. 두부구이와 감자전이 있는가 하면 된장찌개와 감자가 듬뿍 든 고추장찌개가 있고 피자도 있고 리코타 치즈 샐러드도 있다. 민속주점인가 하면 밥집이고 그런가 하면 이탈리안 레스토랑 같기도 하다. 아마도 이국의 정취가 풍기는 기다란 탁자가 있는 밀실과 어울려 더 그런 기분이 되는 것 같다. 가끔 한정식 예약 손님도 받는다고 하는데 그런 날은 된장찌개를 시키면 느

닷없이 홍합밥이나 곤드레밥 같은 것을 내다 주기도 한다. 무엇보다, 김치찌개류를 시키거나 따로 부탁해야만 내 주는 김치맛에 반해 몇 번이나 김치를 어디서 가져오냐고 물었다. 살 수 있는 거라면 나도 사고 싶었지만, 솜씨 좋은 지인으로부터 얻어 온다는 사실을 거듭 확인하고는 입맛만 다셨다. 뜨거운 밥을 한 양푼 떠 놓고 기름을 바르지 않고 구운 김과 함께 매일 먹고 싶은 맛이다.

바에 앉아 혼자 맥주를 마실 때 들기름과 간장을 발라 구운 초당 두부구이와 김치의 조합을 즐긴다. 함께 먹을 사람이 있으면 리코타 치즈 샐러드와 감자전 같은 것을 더 시키면 좋다. 리코타 치즈는 우유의 부드럽고 고소한 맛이 그대로 살아 있고 짐승용량의 샐러드 채소와 중간에서 말캉하게 씹히는 올리브도 넉넉하게 들어 있어 절로 건강해지는 맛이다. 카운터 바가 있고 밀실이 있고 적당한 크기의 테이블이 놓여 있는 분위기가 그렇고 한식도 있고 안주도 있고 이탈리안도 있는 메뉴가 그렇고 뭘 하든 뭘 먹든 'why not'이다. 그러니 혼술도 담소도 토론도 회의도 파티도 오케이. 뭐든 괜찮은, 테라스가 있는 이 층의 술집.

그리운
호편

‘호편'을 발견한 것은 정말 우연이었다. 때는 단골로 다니는 목욕탕에 정착하기 이전, 적당한 목욕탕을 찾기 위해 이 집 저 집을 전전하던 무렵이었다. 동네 지리가 아직 익숙지 않았던 때였고, 목욕탕 간판만 보고 들어갔던 터라 목욕을 마치고 나오니 괜히 앞뒤 골목이 서먹했다. 왔던 길을 따라 집으로 갔으면 되었을 것을, 나온 김에 동네 지리도 익힐 겸, 다른 길로 들어섰다. 집과 목욕탕의 좌표를 찍고, 동쪽으로 가는 대신 서쪽으로 길을 잡아 p턴 하듯이 골목을 꺾어 들면 되겠지 하고 나름 치밀하게 머릿속에 지도를 그렸으나, 역시나, 길을 잃었다. 길맹은 길찾기에 취약하지만, 자주 길을 잃으므로 길을 잃는 것을 두려워하지 않는다. 길을 잃은 김에 다른 풍경을 두리번거리는 것을 즐긴다.

그러니 길을 잃은 것이야 상관없었지만, 배가 고픈 것은 문제였다. 그렇지 않아도 수분과 양분을 사우나에 다 빼앗긴 터에 갑작스런 허기로 나는 현기증이 났다. 식당을, 식당을 찾아야 해. 나는 "갑자기 배가 고팠다"라는 내레이션과 함께 유체이탈의 표정으로 백 점프 컷을 하는 고로씨처럼 초조해졌다.

무역상을 하는 고로씨는 멀쩡하게 일을 하다가도 배가 고프면 정신없이 식당을 찾아 처음 가는 식당에서 메뉴를 고르고 참으로 많은 종류의 음식을 맛있게도 먹는다. 오로지 식당을 찾고, 음식을 먹는 것이 전부인 이야기, 〈고독한 미식가〉를 처음 보았을 때는 무슨 이런 드라마가 있나 싶었다. 줄거리도 인물도 거의 없다. 그런 건 오로지 먹방을 위해 보조적으로 존재할 뿐. 그런데 나는 어느새 고로씨가 먹는 장면을 하염없이 바라보는 〈고독한 미식가〉의 팬이 되었다. 줄거리니 인물이니 갈등이니 따지는 것 같지만 사실 나는 처음 보는 음식들과 그 맛을 상상하며 그저 먹는 일 자체를 즐거워하는 식탐인이었다고, 순순히 인정했다.

먹방 월드의 양대 산맥 중 하나인 〈심야식당〉 역시 이야기보다는 음식을 먹는 장면 자체가 더 좋다. 심야식당을 드나드는 사람들의 소소한 이야기가 재미없는 건 아니지만, 사실 따지고 보면 그런 건 서민적 휴머니티 어쩌고 하는 흔한 이야기 아닌가. 혼자 식당을 경영하는 남자가 오래된 냄비에 고기를 볶고 곤약을

뜯어 넣어 돈지루를 끓이는 장면이나 깍둑깍둑 야채를 써는 장면 같은 걸 보고 있는 것이 더 좋다. 그런 고독한 집중의 시간과 감수성 때문에 나는 〈심야식당〉을 즐겨 보는 건지도 모른다. 내가 한때 카츠동에 꽂혔던 것도 〈심야식당〉의 카츠동 에피소드에서 유래했다. 시합을 앞둔 권투선수가 항상 시합 전에 심야식당에서 카츠동을 먹는다는 이야기였는데(카츠동의 '카츠'는 일본어의 '이기다(勝つ)'와 발음이 같다), 무명복서의 꿈 어쩌고 하는 이야기는 다 잊었지만 카츠동의 자태만은 생생하다. 반쯤은 촉촉하고 반쯤은 바삭한 돈까스와 잘 지은 흰밥, 그리고 부드러운 달걀의 조합은 언제 먹어도 최고다. 이기든 지든 카츠동은 맛있다. 신성한 카츠동에 승부 따위를 개입시키지 말라.

호펀은 작은 가게였는데, 가게 바깥에 하나, 식당 안에 하나 그리 크지 않은 스크린이 두 개 걸려 있다. 스크린에서는 언제나 〈고독한 미식가〉나 혹은 〈심야식당〉의 영상이 흘러나온다. 딱히 손님들이 드라마를 감상하라고 틀어 놓은 것이 아니라 벽지나 액자처럼 그냥 그 가게의 소품 같은 역할을 한다. 고개를 들면 고로씨가 음식을 먹거나 식당 주인이 요리를 하고 있고 그걸 쳐다보다가 나는 또 내 앞에 놓은 음식을 먹는다.

서너 개의 테이블에 옹기종기 앉아 밥을 먹다 보면 아닌 게 아니라 〈심야식당〉의 손님들처럼 왠지 사연 많은 사람들이 된 것 같기도 했다. 좁은 테이블에 무릎이 닿을 정도로 옹기종기 앉아 누군가들과 함께 술잔을 기울이고 있으면 괜히 그들이 조금쯤은 더 살뜰하고 다정하게 느껴지기도 했다. 〈고독한 미식가〉나 〈심야식당〉 때문에 호펜에 간 것은 아니고, 그냥 목욕을 마치고 아찔하게 배가 고파서 눈에 띄는 대로 들어갔을 뿐이었다. 배가 고프니 나는 밥을 먹어야 했고, 그 식당에서 식사로 먹을 만한 밥은 카레뿐이었다. 동그란 밥공기로 모양을 잡은 밥 위에 고로케가 올려진 고로케 카레를 먹었다. 밥은 유난히 꼬들거렸는데, 카레에 적셔져도 쉽게 퍼지지 않아 좋았다. 카레는 루로 농도를 조절한 걸쭉하고 탁한 색이 아니라 훨씬 묽고 맑은 색이 났다. 그래서 카레의 향이 더 진하면서도 깔끔했다. 금방 튀긴 감자고로케에 묽은 카레옷이 입혀지니 뜨겁고 바삭하고 향기로웠다.

망원시장이나 망원동 명소와는 반대편에 있어서 잘 눈에 띄지 않지만 호펜이 있던 자리 주변에도 숨은 맛집이 꽤 있다. 요즘은 '서울미트볼'과 '하노이바게트'가 유명세를 얻고 있는 것 같은데 그 밖에도 호펜이 있던 자리에 들어선 '길모퉁이 칠리차차', 옆집인 '달곰삼삼'도 주방장의 요리 솜씨가 괜찮다. 서울미트볼 옆의 '낭랑한우'는 한우를 주재료로 하는 밥집인데 소고기국밥, 채소비빔밥 같은 단품 요리에 깔끔한 반찬이 두세 가지 함께 나오는 런치메뉴를 가끔 애용했다. 하노이바게트 옆의 '미스터림'은 생맥주가 신선하고 맛있어서 간단한 안주와 함께 2차로 들르기에 좋은 집이다. 서울미트볼에서 미트볼스파게티 같은 것을 먹고 입가심으로 맥주 한 잔 하면 딱 좋다. 중국집 '진진'하고도 가까워서 나는 주로 진진에 갔다가 그냥 돌아가기 아쉬울 때 미스터림에 가곤 했다. 물론 하노이바게트의 반미 샌드위치는 말할 필요도 없고. 고기를 잘 먹지 않는 나는 반미 샌드위치 대신 달달한 베트남 냉커피를 가끔 마신다. 요즘은 그 동네 목욕탕을 가지 않지만 목욕을 마치고 대용량 냉커피를 쭉쭉 들이켜며 타박타박 귀가하는 봄날, 나는 세상에서 제일 평화롭다. 그러나 호편이 사라진 후 나는 그 골목에 좀처럼 가지 않는다. 홍대나 연남동을 가기 위해 지나가는 길이 되어 버렸다. 그리운 호편.

'중화풍 이자카야'라는 이름처럼 호편에는 온갖 요리가 다 있었다. 카레 하나를 만들어도 고로케나 새우튀김을 얹는다든가 해서 색다른 조화를 만들어 낸다. 이자카야니까 일본식 닭튀김인 가라아게도 있고 나가사키 짬뽕도 있었는데, 중화풍이니까 어향가지나 누룽지탕도 있었다. 그것 말고도 메뉴가 어찌나 많았는지, 일본의 동네 이자카야처럼 벽면에는 항상 온갖 요리의 이름을 적은 메뉴판이 가득했다. 몇 번 먹어 보지 못했지만 내가 제일 좋아했던 요리(라기보다는 안주)는 참꼬막무침이었는데, 이제 어딜 가도 그건 먹을 수 없겠지 싶으면 괜히 애틋해진다. 꼬막을

삶아 윗껍질을 떼어내고 양념을 끼얹어 먹는 밥반찬 꼬막무침도 아니고, 남도 어디에 가면 있는 온갖 야채와 함께 초고추장으로 버무린 무침회 같은 것도 아니다. 굵은 꼬막에 오이채와 양파채를 듬뿍 썰어 넣고 어향소스를 베이스로 한 소스를 재료가 잠기도록 넉넉히 부은 요리였는데 국물이 자박자박하고 소스가 짜지 않아서 숟가락으로 꼬막과 함께 떠먹기도 했다. 꼬막을 다 먹고 나면 소면을 비벼 먹고 싶은 맛이었다. 꼬막 물회를 만든다면 이런 형태의 요리가 될까. 꼬막의 담백하고 쫄깃한 맛, 오이의 시원한 맛이 함께 어울리고 마늘과 고추 양념의 톡 쏘는 맛이 점을 찍는다.

벽에 걸린 메뉴를 다 먹어 봐야지 했는데 절반도 먹지 못했다. 소리 소문 없이 호편이 사라졌다. 자주 간다고 일 삼아 알은척하는 성격이 아니라서 주인과 안면을 트지도 못했는데, 이제 어디서 찾아야 할지 알 수가 없다. 개인 사정으로 당분간 쉰다는 알림을 보고 그러려니 했는데, 어느 날 호편 앞을 지나다 보니 내부공사를 하고 있었다. 호편 앞에 걸려 있던 붉은 등과 고로씨가 나오던 스크린이 사라져 횅한 가게를 보며 내가 느낀 상실감이란.

어느 날인가는 포털사이트에 호편을 검색해 본 적도 있다. '망원동 호편', '서교동 호편', '이자카야 호편' 검색어를 바꾸어 넣어 봐도 나오지 않았다. 호편의 맛이라면, 어디든 가게를 옮겨 영업을 하고 있기만 하다면, 누군가의 방문기에 등장하지 않을 리가 없다. 호펀이라면 동네가 아니라도 일부러 찾아갈 용의도 있었는데, 찾아봐도 없다. 어느 날 우연히 소문처럼 호펀의 소식이 들렸으면 좋겠다. 내가 찾지 못해도 어디선가 그 동네 미식가들을 불러 모으며 고기를 볶고, 카레를 끓이면서 호펀이, 거기 있었으면 좋겠다.

편의점
공동체

SNS를 하지 않는다. 전혀. 내가 접하는 SNS라고는 포털에서 검색을 하다 만나게 되는 트위터 정도뿐이다. 'SNS는 인생의 낭비'라는 어느 축구팀 감독의 말에 전적으로 동의해서는 아니다. 인생의 낭비인지 어떤지 해 보지 않았으므로 뭐라 논평할 처지가 아니다.

거창한 철학이 있는 것은 아니고 궁극적인 이유를 따지자면 단지 게으르기 때문이지만, 선뜻 입문하지 못한 계기는 있다. 페이스북이 처음 소개되기 시작했을 때, 나도 호기심 때문에 계정을 파고 가입을 한 적이 있다. 물론 가입만 해 두고 글을 올린다거나 친구를 맺는다거나 하는 활동은 전혀 하지 않았다. 지금도 추적을 해 보면 어딘가 내 페이스북 아이디가 유령계정으로 떠

돌고 있을 것이다. 가입만 해 놓고 잊고 있었는데 어느 날 연동된 메일 주소로 페이스북이 메일을 보냈다. 친절하게도 '당신이 알지도 모르는 페이스북 친구들'이라는 이름으로 아는 사람도 있고 생판 모르는 사람도 있는 명단이 배달되었다. 이 친구들과 소식을 주고받으며 커뮤니티를 만들어 보라고 친절하게도 권유했지만 나는 그 친절함이 섬뜩했다. 그러니까 내가 메일을 보내거나 어딘가 접속한 기록들을 근거로 그것과 연결된 페이스북 가입자들을 추적하여 명단을 만들고 그것을 내게 보내준 것이겠지. 그렇다면 나 역시 '당신이 알지도 모르는 페이스북 친구들'의 명단에 올라 나를 알지도 모를지도 모르는 누군가에게 뿌려지고 있겠지. 내가 동의한 적도 없는데(동의했을지도 모르지만) 나의 온라인 행적을 제멋대로 추적해서 내가 원하지 않는 인맥을 알아서 만들어 전하는 그 친절이 전혀 달갑지 않았다.

　나도 모르게 연결된 소셜 네트워크에 대해 어디까지 책임지고 어떻게 소통할 것인가에 대해 나는 아직도 어리둥절하다. 누구가를 안다는 것은, 또 모른다는 것은 어떤 것인가 하는 제법 철학적인 고민까지 하고 나서 나는 영 SNS에 맘을 붙이지 못하게 되었다. 조중동이 개최하는 마라톤 대회에는 참가하지 않다 보니, 그나마 신청할 만한 '나이키 우먼스 런'이 올해부터는 인스타그램으로 인증을 해야 참가신청을 할 수 있다고 한다. 계속 SNS를 하지 않으면 마라톤도 할 수 없게 되는 건가 싶으니 뭔가 현대 문명에 뒤떨어져 있다는 실감을 제대로 하게 된다.

SNS를 하거나 하지 않거나 이미 나의 개인정보는 내 것이 아니다. 페이스북은 가입자의 정보를 리서칭 회사에 팔아 넘겼고, 고객의 보안을 존중한다던 '애플'은 업그레이드를 통해 고객의 스마트폰을 못쓰게 만들어 놓고 새 물건을 사라고 성화다. 포털에서 필요한 상품을 검색했을 뿐인데 포털 페이지에서는 매번 내가 검색했던 종류의 상품광고가 쉴 새 없이 뜬다. 얼마 전 '일본 야후'에서 뭔가를 검색했더니 이제는 다음 홈페이지에서 일본어 광고가 어찌나 다채롭게 뜨는지, 이놈의 내 정보는 글로벌하게도 유출되어 만천하와 공유되고 있다. 차도 없는데 대리운전 문자는 시도 때도 없이 날아오고, 심지어 '강남 풀살롱' 광고 문자까지 받아 놓고 보면 정보유출의 스케일은 감히 내가 짐작할 수도 없는 지경이다. 알면서도 속고 모르면서도 속고, 눈가리고 아웅으로 내가 살아가는 일의 익명성을 나 혼자서만 지키려고 애쓰고 있다는 것을 나도 모르지 않는다.

단골로 가는 세탁소에서 사장님이 필요 이상으로 친한 척을 하면 괜히 난처해진다. 철마다 입는 내 옷과 옷에 주로 묻히고 다니는 얼룩을 제일 잘 알고 있을 사장님이 그걸 알고 있다는 표시를 내면 그만 불편해진다. 세탁소를 거치지 않으면 나는 옷을 세탁할 수 없고, 그러니 자주 가는 세탁소가 내 의복생활의 사이클을 알고 있는 것은 당연하지만, 이제 슬슬 세탁소를 바꿔야 하나 고민 중이다. 내 옷을 아는 것이 나를 아는 것이 아니니 모르는 만큼의 예의가 필요하지 않나 싶어서 가끔 언짢다. 쿠폰 한 장, 얼마 안 되는 포인트를 챙기려고 알뜰하게 회원가입을 한 온라인 사이트가 모르긴 해도 수백 종은 너끈히 될 테니 내 익명성이 지켜질 리 만무하건만 가끔 생각날 때마다 불안하고 불쾌하다. 나는 가입할 때 입력한 아이디와 비밀번호조차 잊었지만, 그 온라인 사이트는 나의 개인정보를 빈틈없이 저장해 놓고 활용하고 있겠지. 신용카드를 쓰는 한 소용없다는 것을 알면서도 동네 슈퍼의 포인트 카드를 만들지 않고, 편의점은 너무 한 군데만 집중적으로 가지 않는다. 온라인 왕국에서 얼마나 아날로그적으로 불안을 방어하고 있는 건지.

쿨하고 새침하게 차가운 도시여자의 익명성을 사수하고 있는 것처럼 보이지만 실상 그렇지 못한 인간이다. 그리고 그것이 가능하지도 않다. 일이 없고 약속이 없는 날은 집에 틀어박혀 하루 종일 한 마디도 하지 않는 날도 있다. 그러다가 저녁 무렵에 모자를 눌러쓰고 집 앞 편의점에서 그날의 첫 대화를 할 때도 있다. 그럴 때면 인사 삼아 건네는 "날씨가 춥죠" 하는 말에 괜히 방긋 웃으며 "그래도 많이 풀렸네요" 하고 안 해도 될 대꾸를 하기도 한다. 아침에 빵집에서 금방 구운 빵을 산 날은 괜히 기분이 좋아 음료수를 사러 들른 편의점 점원에게 따끈따끈한 빵을 나눠 주기도 한다. 버터향이 솔솔 나는 따뜻한 빵이 기분 좋은 아침인사라도 되었으면 하는 다정한 마음이 순간적으로 나를 자극하기 때문이다.

집 앞에 있는 편의점은 일가족이 운영한다. 나이 든 아주머니는 사장님이고 누가 봐도 가족인 아들과 딸들이 번갈아 계산대를 지킨다. 냉담과 무심으로 가득한 편의점 세계에서 일가족 운영이라니 뭔가 인간미가 있다. 바코드를 찍고 카드를 내밀고 물건을 받아들면서도 어쩐지 일가족의 생계랄까 생활에 대한 실감이 느껴지는 것이다. 어차피 구매목록으로 기록되는 관계라는 것은 매한가지이지만 온라인 쇼핑몰과는 다르게 어떤 실물감이 있다. 그래서 때로는 필요하지 않은 인사나 참견을 건네기도 하는지 모른다. 몇 년을 한동네에서 살다 보니 이제 물건을 사지 않아도 길에서 마주치면 서로 눈인사를 하고 지나친다. 생각해 보면 골목에서 우연히 만나 눈인사를 건넬 수 있는 사람들이란 이들뿐이지 않나. 이 동네에서 나와 가장 자주 만나는 사람들. 좋으나 싫으나 이들이 실질적인 내 이웃이다.

예전에 김애란의 「나는 편의점에 간다」를 읽었을 때는 명쾌하고 정확하게 도시세태를 잘 짚은 소설이라고만 생각했는데,

지금 생각해 보면 의외로 다정하고 애틋한 소설이었던 것 같다. 그때나 지금이나 이 골목의 주인은 밤새 불을 밝힌 편의점인 것만 같다. 자취방을 중심으로 삼각형으로 자리 잡고 있는 큰길가의 편의점. 생리대나 맥주나 라면을 사는 편의점의 구매목록과 행동반경이 곧 자신을 알아볼 정체성의 표지이기도 하다는 것을 깨달을 때마다 소설 속의 화자는 외로웠을라나, 두려웠을라나. 일부러 알은척 않고 물건을 내밀고 바코드를 찍고 돈을 내고 거스름을 받는 기계적 관계만을 유지했지만, 정작 자신을 알리고 도움을 청할 일이 있을 때 제일 먼저 생각나는 곳도 편의점이다. 편의점의 푸른 조끼를 입은 청년은 내 이름도 직업도 모르지만 내가 매일 무엇을 사는지 어떤 커피를 좋아하는지 어떤 맥주를 좋아하는지에 관해서라면 내 애인보다 더 잘 안다. 택시를 탔는데 카드가 되지 않을 때, 집을 비워야 하는데 급한 택배를 받아야 할 때 도움을 얻을 수 있을까 떠올리는 곳은 편의점이 제일 먼저이지 않나. 익명의 도시에서 나의 일상이 가장 세밀하게 기록되어 있을 저곳. 그러니까 너무 친해지고 싶지는 않은 나의 이웃.

가끔 이런 상상을 할 때가 있다. 갑자기 실종되거나 고독사라도 하게 되면 나의 정체를 탐문하는 수사관들은 편의점에 들를까. 오늘 아침의, 혹은 어제저녁의 내 행적을 아는 사람은 의외로 편의점 가족들이 아닐까. 예전에 비디오 대여점이 성행하던 시

다정함과
무심함
사이

모르는 척
지나칠
때마다
잠시 뒤통수를
긁적이는,

딱
그만큼

절에 그런 생각을 한 적이 있다. 갑자기 실종되거나 사고라도 당하면 나의 행적을 알기 위해 내 비디오 대여 기록을 누군가 보겠구나. 너무 야한 영화는 빌리지 말아야겠다. 지금이야 통화 기록도 있고 이메일 기록도 있겠지만, 어쩐지 경찰들은 탐문 수사 같은 것을 하러 편의점에 올 것 같다. 나의 행적을 묻는 누군가에게 편의점 가족들은 뭐라고 말해 줄까. 네 캔에 만 원짜리 맥주나 원 플러스 원 캔커피나 야채 핫바 같은, 내가 사는 물건들 말고 그들이 나에 대해 기억하는 것이 있을까. 그러나 편의점에 오는 사람들은 모두 맥주 아니면 커피 아니면 담배 같은 것을 살 테니, 그들이 가끔 맥주나 커피나 담배로 나를 기억한다고 해도 그것이 나와 무슨 상관이란 말인가. 어느 추운 날 아침에 갓 구운 빵을 나눠 주기도 했다고, 아마도 다정하고 친절한 사람일 거라고 말해 줄까. 어떤 날은 이어폰을 귀에 꽂고 계산만 하고 나가고 어떤 날은 괜히 매장 안을 빙빙 돌다 요구르트 하나를 들고 와서 쓸데없이 인사가 긴 이상한 여자였다고 말해 줄까. 얼굴은 낯이 익는데 언제 왔다 언제 갔는지야 어떻게 알겠냐고 모르는 척 무심할까. 나는 그들에게 좀 더 다정해야 할까, 아니면 좀 더 무심해야 할까.

다정함과 무심함 사이, 모르는 척 지나칠 때마다 잠시 뒤통수를 긁적이는, 이 골목에서 우리는 딱 그만큼의 공동체로 산다. 나

름대로 자기만의 생활과 비밀을 가지고, 생각하는 것보다 훨씬
복잡하고 훨씬 재미있을 거라고 호의적으로 상상하고 내색하지
는 않으면서.

책

에필로그

커 피 집 청 년 은
어 디 로 갔 을 까

● 　　　문학평론가 말고, 대학 강사 말고, 또 다른 서영인이 있
잖아요. 서유재 김혜선 대표의 말로부터 이 글은 시작되었다. 평
소 같은 동네에서 의기투합하여 낮술이든 밤술이든 마시면서 어
울리다가, 이런 얘기 에세이로 어때요, 하길래 망설였더니 대뜸
다른 서영인도 많다는 지적. 에세이라니 별로 써 본 적도 없고,
글을 쓰고 책을 내는 일은 뭔가 공익에 보탬이 되어야 한다는 지
나치게 바른생활적 사고를 벗어나지 못하고 있었던지라 망설였
던 거였다. 동네를 어슬렁거리며 혼자 노는 이야기가 다른 사람
에게 읽을거리가 될 수 있을까 싶었다. 그런데 따지고 보면 내가
쓰는 평론이나 논문이 그다지 공익에 보탬이 되고 있는 것 같지
도 않았다. 사실 동종업계 종사자들 말고 별로 읽어 주는 사람도

없고, 그 글들이 문학의 미래와 인류의 행복을 위해 뭘 하고 있는지도 잘 알 수 없으며, 행여나 일말의 도움이 된다 해도 그게 보람으로 내게 전해져 나를 기쁘게 하지도 않았다. 그런 글은 그저 뭔가 전문가적 글쓰기입네 하고 여기저기서 만들어 준 울타리가 튼튼했을 뿐이었으니, 어쨌거나 내가 울타리를 만들어 가면서 다른 글도 한번 써 볼까 싶어졌다. 나도 모르는 다른 나를 찾아내고서 얼른 써 보라고 다그쳤다가, 너무 좋은데요 하고 물개박수를 치면서 나를 고무시켰다가, 게으름을 피우고 있을 때는 또 의외로 잠잠하게 기다려 주기도 한 편집자 덕분에 나는 종잇장같이 얇은 귀를 펄럭이며 여기까지 왔다.

작년 여름방학 때부터 쓰기 시작했으니 꼭 일 년여 만에 원고를 완성하고 책으로 엮는 셈이다. 격려와 고무와 독촉에도 불구하고 안 써졌으면 못 썼을 텐데, 의외로 쓰기 시작하자 곧잘 써졌고, 쓰다 보니 또 쓰고 싶은 주제가 생각났으며 심지어는 쓰는 동안 재미있기까지 했다.

위기가 없었던 것은 아니다. 방학을 지나 추석 연휴 동안 작업실로 애용하고 있는 '탐앤탐스' 망원점에 앉아 원고를 쓰고, 슬슬 탄력이 붙는군 하고 혼자 괜히 신이 나 있을 무렵에 김민섭 작가의 『아무튼, 망원동』이 출간되었다는 소식을 들었다. 작은 출판사의 기획 시리즈인 '아무튼' 시리즈가 이래저래 화제를 불러일

으키던 무렵이었다. '이런!' 내가 혼자 탐앤탐스의 창가 자리를 차지하고 앉아 망원동 이야기를 쓰는 건 자유지만, 출판하는 건 또 다른 이야기였다. 비슷한 콘셉트의 책이 연달아 시장에 나온다는 건, 게다가 내가 후발 주자라면 이건 좀 곤란하지 않나. 아뿔싸, 망리단길 어쩌구 하면서 망원동이 좀 뜬다 했더니, 어느새 레드오션이 된 건가?

……포기할까?

틈만 나면 게으를 핑계를 대는 끈기라곤 없는 유전자가 또 팔랑팔랑 나대기 시작했다. 팔리는 책을 한 권도 써 본 적 없는 주제에 아무 감도 지식도 없이 시장의 동향에는 또 빌어먹게 민감하다. 팔리는 건 파는 사람이 알아서 할 일이고요, 선생님은 글이나 쓰세요. 편집자이자 출판사 대표의 면박이 날아왔다.

실의에 빠져 『아무튼, 망원동』을 다 읽고 나서, 결국은 계속 쓰기로 했다. 내가 김민섭 작가보다 비교우위를 가지고 있다거나, 틈새를 뚫고 나갈 전략을 발견했다거나 해서 그런 것은 물론 아니었다. 『아무튼, 망원동』은 재미있었다. 다만 내가 쓰고 싶은 망원동 이야기는 그것과는 다른 이야기였다. 당연한 말이지만 그에게는 그의 망원동이 있고, 나에게는 나의 망원동이 있다. 나는 그걸 내 책보다 먼저 나온 책을 읽고 알게 되었다. 그래서 지금 내가 쓰고 있는 망원동 이야기는 망원동을 빙자하여 쓴 내 이야기라는 것이 비로소 확실해졌다. 그건 너무 당연한 이야기이잖아, 설마 '한 권으로 망원동 끝내기' 같은 걸 써서 망원동 대표저자가 되겠다는 야심을 품었던 거야? 그런 건 아니었는데, 망원동이 유명해지다 보니 거기에 어떻게 좀 편승해 볼까 하는 꼼수를 나도 모르게 품고 있었는지도 모르겠다.

나의 망원동 말고, 『아무튼, 망원동』의 망원동 말고도 수많은 망원동이 무궁무진 있다. 제주 4·3의 작가로 알려진 현기영의 「망원동 일기」를 읽고 나는 1984년의 망원동 수재(水災) 사건을 알게 되었다. 「망원동 일기」를 읽은 것은 아주 오래전이었지만, 망원동이 어디인지도 모르던 시절에야 그저 그런 이야기가 있었거니 했을 뿐이었다. 그러다가 서울에 정착해서 살게 되고 망원동 일대를 오가면서 그때의 망원동이 바로 이 망원동이었음을, 조영래 변호사의 업적으로 자주 거론되는 망원동 수재 사건 집단소송을 불러일으킨 사건이 바로 「망원동 일기」에서 묘사되는 무시무시한 물난리였음을 알았다. 마을버스를 탈 때마다 낭랑하게 들려오는 '망원동 유수지'가 그 물난리의 주범이었다는 것도 알았다. 문학지에 실린 인터뷰에서 시인 심보선이 그의 망원동을 말하는 것을 읽기도 했다. 아마도 1980년대 어름에 망원동에 살았을 심보선은 큰비만 오면 침수되던 망원동을 두고 '바랄 망(望)'의 망원동이 아니라 '망할 망(亡)'의 망원동이라 불렀다는 기억을 풀어놓

왔다. 상습침수지역 망원동만 있는 것은 아니다. 〈무한도전〉에 출연한 '장미여관'에게는 장미여관의 망원동이 있고 코미디언 박나래에게는 나래바의 망원동이 있으며, 소설『망원동 브라더스』의 주인공들에게는 가난하고 지질한 청년들의 망원동이 있다. 망원시장, 월드컵시장의 상인들에게는 대형마트 입점 반대투쟁의 망원동이 있고, 성미산 마을 주민들에게는 도시공동체 성미산의 망원동이 있다. 혹시 있었을지도 모를 망원동 대표작가의 과대망상 같은 것은 버리고 나의 망원동에 집중하기로 했다. 망원동 입성 오 년차, 나는 추억도 사연도 없어 자유로우니, 그냥 흥청망청 유유자적 나의 망원동에서 계속 놀면 되는 것이다.

글을 쓰기 시작하면서 휴대전화 메모장에 세 가지 원칙을 정해 적어 두었다. 하나, 서사를 생각할 것, 둘, 유머를 잃지 말 것, 셋, 가르치지 말 것. '서사'는 이야기. 30년 가까이 소설을 읽고 거기에 대해 쓰고 가르치는 것을 업으로 살아 온 편협한 시야에서 보건대, 모름지기 뭔가를 연속적으로 읽고 이해하기 위해서는 서사가 필요하다. 파편적이고 순간적인 삶의 여러 국면들은 서사를 얻으면서 비로소 연속적으로 이해하고 설명할 수 있게 되며, 게다가 흥미로워지기까지 해서 계속 궁금한 무엇이 된다. 망원동을 앞세웠으나 결국 이 책은 내가 겪고 관찰하고 느낀 것들을 엮어 놓은 서사, 그러니까 문학평론가이자 문학연구자인 중

년의 일인 생활자가 주인공이며, 망원동을 배경으로 하여 거기서 발생하는 이런저런 일들을 사건으로 삼는 이야기이다.

소싯적에 둘째가라면 서러운 진지병 소유자였던 내가 '유머'를 모토로 삼게 된 것은 생각해 보면 퍽이나 놀라운 일인데, 사실 고기도 먹어 본 사람이 안다고 '진지'도 오래 겪어 본 사람만이 그 폐해를 안다. '진지'의 가장 진지한 폐해는 인간을 자꾸 자기중심적으로 만든다는 데 있다. 최대한 진지하게, 사태의 본질과 명분과 정의에 심취하다 보면, 그리하여 신중하고 고뇌에 찬 결론을 얻는 순간, 세상사에 단정할 수 없는 수많은 진실이 있다는 것을 인정하지 못하게 된다. 선의의 진지함이 가끔 '진지충'의 오명을 뒤집어쓰는 이유는 고집불통 벽창호의 자기중심성을 제어하지 못하기 때문이다. '유머'는 나에게 고착된 시선과 사유를 분산시키고 의도치 않고 기대치 않았던 우연들에 호의적일 수 있게 해 준다.

글을 쓰는 내내 그러고자 했다. 고집부리지 않고 내 주변에서 설렁설렁 흘러가는 즐거움을 놓치지 않고자 했다. 그러다 보면 자연 누군가에게 무엇을 가르쳐야겠다는 생각 자체를 안 하게 된다. 망원동 이야기를 가지고 뭘 가르친다거나 하는 것도 어불성설이고.

떴다 사라지는 도시 명소의 생명력이 하루살이보다 못하게 된 시대이니 망원동의 핫 플레이스를 소개한다거나 하는 것에는 사실 별 관심이 없었다. 카레 이야기를 한댔자 우연히 인생 카레를 만난 내 이야기였으며, 맥주 이야기를 한댔자 함께 맥주를 마신 누군가 없이 서사는 만들어지지 않는 것이 당연지사. 2부에 등장한 '호편'은 이미 사라진 가게이고 맥주가 괜찮았던 '미스터 림'은 글을 쓰는 동안에 수제 공예품 가게로 바뀌었다. 그저께 오랜만에 '웃으러'에 갔더니 쿠킹 스튜디오로 바뀌어 있었고 내가 사랑한 밀실은 재료를 쌓아두는 창고 노릇을 하고 있었다. 이제 웃으러의 두부구이와 김치를 먹을 수 없다는 생각에 좀 슬퍼졌다. 밀실에서 죽을 때 생각날 정도로 즐거운 파티를 하리라는 다짐도 이룰 수 없는 꿈이 되어 버렸다. 가게에 로스팅 기계를 놓을 거라고 꿈에 부풀어 있던 커피집 청년은 어디로 갔을까. 생긴 지 얼마 되지도 않은 청년의 커피 가게는 얼마 전부터 내부 공사 중이다.

　이름난 파스타 가게와 수제 버거집이 즐비한 동네에서 주야장천 백반집 이야기만 하는 책이라니, 하고 어이없어 하는 독자들에게는 양해를 구한다. 기대에 부응하지 못했다면 죄송하지만, 내가 도시 관광의 가이드를 자처하며 이런저런 명소를 소개한댔자 '호편'처럼, '웃으러'처럼, 이 가게들이 언제까지 여기에 있을지 장담할 수 없다. 망원동은 그런 곳이다. 추억은 아주 짧은 순간의 향수처럼 내 마음에 남을 뿐, 언제든 떠날 수 있다는 마음으로 나는 매일 여기를 살았고, 이 책은 그런 생활의 기록이다. 망원동이 아니라 어디에 사는 누구든 이 생활을 공유하며 각자의 망원동을 갖는 이야기라고, 나는 무책임하고 편파적으로 주장하고 싶다. 그러니 이런 망원동 이야기라면 많을수록 좋은 것 아니겠는가.

얼마 전 전세 빌라의 계약기간을 연장했고 나는 욕실에 새 세면기를 들여놓았다. 내 삶의 차수변경은 전세계약 갱신을 기준으로 한다. 그러니까 바야흐로 나의 3차 망원동살이가 시작된 것이다. 남의 집에 돈 쓸 이유가 없다는 생각으로 욕실에서 흉물 포스를 자랑하던 세면대를 그냥 두고 있었는데, 바꾸고 나니 진작 바꿀 걸 싶었다. 세입자 주제에 세면대를 바꾸는 배포는 하루아침에 생기지 않는다. 전세금 인상에 휘청거리면서도 꿈과 희망을 버리지 않고 3차 정도까지는 버티는 재력과 운이 있어야 할 수 있는 일이다. 끝을 보거나 할까 싶게 쉬엄쉬엄 쓰던 에세이의 후기를 쓰면서, 전세계약을 연장하고 세면대를 바꾸고 책을 내다니 이건 꽤 아귀가 맞는 매듭이 아닌가 하며 혼자 흐뭇하다. 편집자의 압박과 권유가 있긴 했지만 순전히 자발적 의지로 공익에 전혀 보탬이 안 되는 이 글을 결국은 다 썼다. 쓰다 쓰다 이렇게 사생활까지 탈탈 털게 될 줄 몰랐다. 다 쓰고 나서야 알았다.

내가 이렇게 재미있게 살고 있었다는 걸. 내가 뭐라도 쓰는 일을
꽤 좋아하고 있다는 것을 이 글을 쓰면서 또 알게 된다. 쓰는 동
안 즐거웠으니 읽는 동안 누군가도 부디 즐겁기를 바랄 뿐이다.